SHANGHAI LITERATURE & ART PUBLISHING GROUP

故事会
精品系列

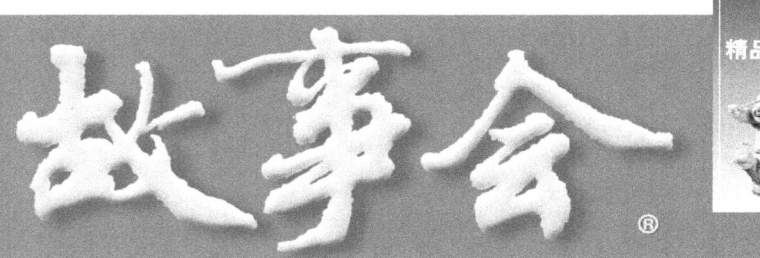

都市故事

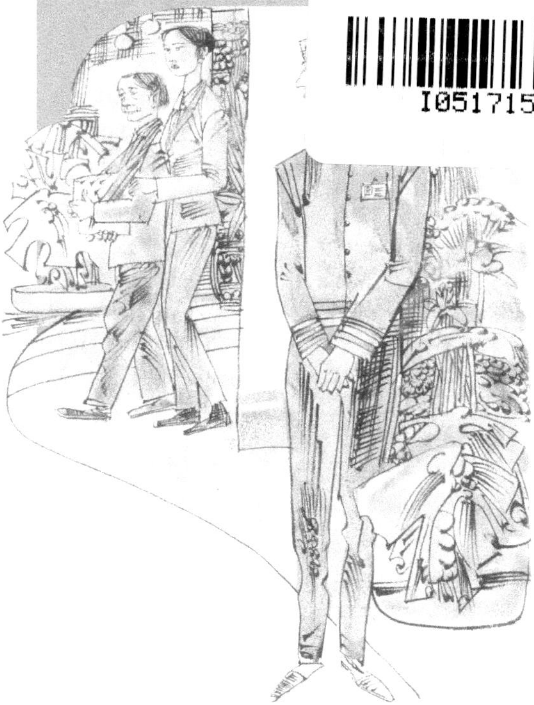

I0517153

上海锦绣文章出版社
上海故事会文化传媒有限公司

上海文艺出版（集团）有限公司

图书在版编目 (CIP) 数据

都市故事 《故事会》编辑部编 – 上海：上海锦绣文章出版社
（故事会精品系列） ISBN 978-7-80685-864-6

Ⅰ．①都…Ⅱ．①故…Ⅲ．故事 – 作品集 – 世界 Ⅳ．I14

中国版本图书馆 CIP 数据核字 (2007) 第 156849 号

丛 书 名：故事会精品系列

书 　 名：都市故事

主 　 编：何承伟

编 　 委：何承伟　　吴　伦　　姚自豪　　夏一鸣

责任编辑：刘迎曦　　鲍　放

装帧设计：王　伟

责任督印：张　凯

出 　 　 　 版：　上海锦绣文章出版社

　　　　　　　　上海故事会文化传媒有限公司

POD 海外发行：　中国图书进出口上海公司

　　　　　　　　电话：021-36357888

　　　　　　　　传真：021-36357896

　　　　　　　　地址：上海市虹口区广中路 88 号

　　　　　　　　邮编：200083

目　　录

家 里 家 外

和睦的家庭空气是世上的一种花朵，没有东西比它更温柔，没有东西比它更适宜于把一家人的天性培养得坚强、正直。

小别针

　　大学毕业后,孟磊随男朋友郑南一起来到郑南的家乡上海工作。郑南的爸爸是大学教授,妈妈是医院里的护士长,孟磊管他们分别叫郑叔叔和郑阿姨。郑南还有一个妹妹,在英国留学。

　　那天,孟磊正在厨房里洗水果,郑南在旁边打打闹闹地和孟磊说笑着,郑南妈妈进来,正好撞见,就笑着说:"你们两个大宝贝等会儿过来一下,有事儿要和你们商量呢!"说完,便退了出去。

　　孟磊有点不好意思,使劲捅一下郑南:"就你闹的! 罚你赶紧把剩下的水果洗干净了,削好!"

　　郑南嚷嚷起来:"呵呵! 你这个东北丫头,就是厉害啊!"

　　郑南是随口说笑,可他没注意到,孟磊一听到"东北丫头"这几个字,脸上的笑容就僵硬了。

孟磊家在东北一个小县城,父母都是退休工人,家里的条件和大城市的孩子相比天差地别。上大学的时候,孟磊的一口东北方言成了同学们的笑柄,就因为这,孟磊在郑南家特别敏感,常常会觉得不自在,她生怕郑南家里人瞧不起自己。刚才郑南妈妈说有事要和他们商量,会是什么事呢?孟磊心里猜测着,不免有点紧张。

等郑南把水果洗净、削好,孟磊端着拿到客厅之后,就小心翼翼地在郑南爸爸妈妈对面的沙发上坐了下来。

郑南爸爸看着孟磊,笑嘻嘻地说:"磊磊啊,你和我们郑南交往已经三年多了吧?我和你郑阿姨想请你父母到上海来做一次客,我们要正式向你们家提亲呢!"

原来是这个事啊!孟磊松了口气,脸随即就红了。可是她再一想:自己父母能来上海,自然是件好事,但他们土里土气的样子,会不会被郑叔叔、郑阿姨笑话呢?而郑南却在一边高兴得嚷嚷开了:"好啊,好啊,我还没有见过你父母呢,我给他们订机票去。"他说着,就乐颠颠地给航空公司打电话去,孟磊也就不好再坚持什么。

俗话说:是福不是祸,是祸躲不过。转眼就到了孟磊的父母到上海的日子,可偏偏那天孟磊单位里有重要的会议,请不出假来。郑南拍拍胸脯对孟磊说:"接你父母的事就交给我来办,你尽管开会就是了。"

"可……可你不认识我父母呀……"

"嘿呀,这有什么难的,我办事,你放心就是了!"

果然,当孟磊下班后急急忙忙回到家,她父母早已在郑家的客厅里坐了大半天,和郑家人聊得很熟了。

郑南一看见孟磊回来了,冲着她挤眉弄眼地坏笑:"原来你小时候是这个样子的啊!"

孟磊心里一沉，一定是母亲说了自己小时候的什么事了。

郑阿姨看孟磊很紧张的样子，就拍了郑南一下，说："你还说磊磊，你小的时候啊，光是开裆裤就穿到七八岁了呢！"

孟磊走到母亲身边，责怪说："妈，我都这么大了，你还说那点事儿……"

"呵呵，傻孩子，你就是七十、八十了，在妈眼里也还是个孩子啊！"孟磊的母亲爱怜地搂住女儿，上上下下地打量着，"咋这么长时间也没回家？可想死我和你爸啦！"母亲说着，眼泪都出来了。

孟磊赶紧拿出手帕给母亲擦泪，说："妈，单位事儿实在多，所以我就没回去。你看你，别哭嘛，多难为情啊！"

其实，看着母亲流泪，孟磊心里挺难受，可是更多的是难堪，浑身不自在，她就怕父母在郑家出什么洋相，怕郑家人嫌自己父母是土包子。幸好这时郑南爸爸妈妈招呼大家吃饭了，要不孟磊真不知道自己父母还会说出些啥来。

郑南爸爸妈妈把孟磊的父母让到上座，郑南爸爸身体不太好，可今天硬是破例陪孟磊父亲喝起了白酒，彼此谈得十分投缘，郑南的爸爸妈妈一点儿也没有城里人的架子，这让孟磊很感动。

酒过三杯，孟磊父亲脸上的汗水不住地往下流，他就老抬起手来用衣服袖子擦汗。孟磊平时在家里也不认为父亲的这个动作有什么不对，可今天却突然觉得刺眼起来，她真替父亲难为情，赶忙给父亲递湿手巾。

父亲接过手巾，边擦汗边说："你们这大城市可真热啊，才喝两杯，这汗就下来了。"

郑南爸爸笑着说："亲家，那就把外面这毛衫脱掉吧。"

孟磊父亲摇摇头："这不好吧，我里面穿的是旧线衣，亲家母不介意？"

郑南妈妈笑了："瞧你亲家公说的,哪有热了还不让脱衣服的道理?"

孟磊父亲一听,也就不再顾忌,三下两下把外面的毛衫脱了下来。他里面穿的果然是一件又旧又小的线衣,孟磊一看,天哪,这还是自己读中学时父亲就穿了的衣服啊!她心里一阵酸楚,可又恨父亲,怎么今天把它穿到城里来了呢?真是太让自己丢人了!孟磊羞得满脸通红,恨不得有个地洞钻进去。

郑家人一看孟磊父亲身上竟穿着这么旧的衣服,一时也愣住了,不由得都放下了手里的筷子。

郑南爸爸还发现孟磊父亲身上穿着的这件线衣,胸口地方有两个小小的洞,用一个小别针给揪在一起,看上去就像是个烧卖口子。他心疼地对孟磊父亲说:"别针扎这儿不行,万一扎到身上怎么办?"

他扭头对郑南说,"南南,你去把前几天磊磊给我买的那套保暖内衣拿来。"

孟磊父亲一听,连连摆手:"不用,不用。"他放下筷子,笑着看了一眼女儿,对郑南爸爸说:"亲家啊,你一提这个小别针,就让我想起磊磊小时候。你不知道啊,那时我们全家人一个月就几斤大米,磊磊上学路远,得带中午饭,虽说她妈身体不太好,可我和磊磊她妈都不舍得吃那一点点大米,于是我每天天没亮就起来,在小炉子上给磊磊焖半饭盒二米饭,再炒个鸡蛋,给她带上。为了让她多睡会儿,我每天早起从不开灯。嘿,也真是奇怪了,其他事儿都好办,可就是一样,摸黑儿穿衣服不行,老穿反了。那天磊磊看我这衣服领子扯到脖子后头去了,就用她那小手给我在胸口这儿别了个小别针。嘿嘿,从那以后呀,我每天摸黑穿衣就摸小别针,再也没有穿反过。时间久了,这地方就被小别针磨出两个小洞洞来啦!哈哈……"

屋子里静悄悄的,没有人说话,孟磊低着头,两只眼睛早被泪水蒙住了。

郑南悄悄握了握孟磊的手,对他爸爸说:"爸爸,不用去拿磊磊给你买的新衣,磊磊其实也给她爸爸买了一套,就在房间里收着呢。"他说着,果然从房间里取出一套新的保暖内衣,塞到孟磊父亲手里。

其实,这套内衣是孟磊买给郑南的,父亲当然不知道,他接过内衣,显得很激动,嘴里喃喃道:"哦,这是磊磊给我买的呀,好,好……"

他没有注意到,此时,所有围坐着的人,眼圈都红了……

（孟　霞）

（**题图:魏忠善**）

球迷家事

　　杨阳是个铁杆球迷,结婚伊始,他就坦诚地告诉妻子:"本人没有什么特别爱好,就是喜欢看球,希望你不要过多干涉。"妻子压根没有想到足球会给他们之间带来什么麻烦,便毫不犹豫地答应了。

　　可没多久,妻子就发现,杨阳不再像婚前那样经常陪自己上街,也不再抢着洗衣做饭,白天一有工夫他就睡觉,晚上却通宵达旦地守在客厅的电视机前看球,旁若无人地大喊大叫,为自己喜欢的球员喝彩鼓掌,有好几次,妻子都是在睡梦中被杨阳的喝彩声惊醒的。

　　后来,他们有了女儿。随着时间的推移,女儿一天天长大,可更让妻子生气的是,杨阳老忘记妻子和女儿的生日,却对远在千里之外的那些高鼻梁球星们的出生年月如数家珍。为此,妻子对自己的婚事懊恼不已,常骂自己当初怎么瞎了眼,竟然嫁给了这个藏着狐狸尾巴的人。

那年世界杯开赛,这对球迷杨阳来说,简直就是仅次于爹死娘嫁人的重大事情了,妻子和女儿倍受冷遇是理所当然的事,所以妻子强压住心中的怒火,硬生生忍了一个多月,没和杨阳吵起来。原以为世界杯结束,丈夫就能恢复正常,可谁知紧接着甲A联赛、欧洲冠军杯、欧锦赛……一个个大赛接踵而来,这一来,杨阳的脑子里除了球赛还是球赛,除了球星还是球星。这日子还怎么过?妻子忍无可忍,一气之下带着女儿回了娘家。

妻子一走,杨阳反倒更觉得自由了。可是一连几天,他胃里吃进去的全是蒸糊的米饭和煮烂的面条,硬撑了一个星期之后杨阳顶不住了,只得厚着脸皮上丈母娘家,忍气吞声地说尽好话,把趾高气扬的妻子接回家来。

为了今后能够继续看球,杨阳试图把妻子也培养成一个球迷。本着男爱看美女、女爱看帅哥的原则,杨阳忍着一肚子酸醋,向妻子推荐"忧郁王子"巴乔、"万人迷"贝克汉姆。岂料妻子不但不为所动,还对他的举措大加调侃。

没办法,杨阳动足了脑筋,又对妻子大讲球迷皇帝罗西如何变卖家产也要追随足球的光辉事迹,想以此来表明自己的心态。哪知妻子听后嘴一撇,眼一瞪,说:"那你去向他学呀,最多咱离婚,我绝不拖你的后腿。"一句话,把杨阳噎成了一根像暴晒在大太阳下的蔫黄瓜。

就在这种杨阳不断出招、两人又不断争吵的循环生活中,又一届世界杯悄然而至。恰在此时,单位派杨阳出了一趟差,等他心急火燎地办完事情返回家中时,离晚上的揭幕战只剩几个小时了。

杨阳一踏进门,就发现厅里的电视机不见了。他顿时就傻了眼:没电视,晚上的日子还怎么过? 他忙不迭地追问妻子是怎么回事,妻子瞪他一眼,说:"坏了,我把它卖了。"

杨阳急得跳了起来:"什么? 你、你怎么能这样?"

"我怎么了?"妻子朝他翻白眼,"又不是我故意搞坏的。"

杨阳的嗓门大得惊人:"谁知道是不是故意呢! 你明知道世界杯马上就要开战了,没电视机,我怎么办?"

妻子不理他,一扭身进厨房准备晚饭去了,把杨阳一个人撂在客厅里。

杨阳急得如热锅上的蚂蚁,正准备冲到哪个朋友家去临时解决一下晚上的问题,就在这时候,门铃响了。杨阳跑过去开门,一看,门外站着一位挂着商场服务牌的工作人员。那人礼貌地说:"请问,这里是杨阳先生的家吗?"

"是呀,你是……"

"您爱人刚才在我们商场买了一架电视机,我们给您送来了。"

杨阳愣住了,回头朝厨房看了看,妻子正伸出头来,朝他扮了个鬼脸。

调试机器时,商场工作人员羡慕地对杨阳说:"杨先生,您可真幸福啊,有这么体贴的老婆! 她下午来买电视机时说,您家的机器突然坏了,怕耽误您看世界杯,一定要我们在今天吃晚饭之前把新机器送到……"

工作人员正说着,这时,杨阳的女儿拿着一张纸从房间里蹦蹦跳跳地跑出来,欢快地叫着:"爸爸,这是妈妈给你的。"杨阳接过来一看,是一张誊写得非常工整的世界杯32强对阵表,看着那上面妻子熟悉的笔迹,杨阳心头一热,感动得眼泪都快要掉下来了。

工作人员一走,杨阳冲进厨房就把妻子揽在了怀里。妻子说:"我才不生你的气哩,不然被你气死了不合算。说实话,是妇联给我们女同胞上了课,我现在也能理解你了。其实,我也是心疼你啊,回回三更半夜看球,大清早又去上班,身体怎么撑得住呢？总算这次看球不用熬夜了,你就放心地看吧。别忘了,中国队踢的时候可要叫上我哦！44年了,中国人总算在世界杯上亮相了。哦,对了,英格兰的比赛也要叫我,我还想给小贝加油呢!"

听着妻子的话,杨阳心里热乎乎的。从那以后,他完全变了样,做家务事勤快多了,对妻子、女儿也倍加体贴呵护。邻居说,他们家中经常传出夫妻两人各自为自己喜欢的球队喝彩助威的声音,可有意思了!

（郝　健）

（题图:魏忠善）

猜　谜

　　王知叶的儿子在读中学,这一天他们的班主任老师上课后非常不高兴,在讲台上站了半天没说话,过了好久才长叹一声,然后在黑板上写了几个字:"在外面一肚子气,进去后一脸的笑,出来时一紧裤腰带。"

　　同学们都不知这是什么意思,老师说:"这是我给你们出的一个社会调查的谜面,谜底你们自己到生活中去找,谁答对了,今年的课外实践成绩就是满分。"

　　王知叶的儿子猜不出来,只好把题目抄下来,回家搬救兵。

　　于是,王知叶一家三口晚上就研究开了,有的说这,有的说那,谁也拿不准,直到快睡觉了,还没个满意的答案。王知叶不耐烦了,就对儿子说:"干脆你写上厕所吧,你想嘛,哪个从厕所里出来的人不紧紧自己的裤带?"

儿子想了想,说:"可哪个去厕所的人还一肚子气呀?"

王知叶的老婆说:"有呀,现在的社会,人多公厕少,在街上半天都找不到一个厕所,可不就有一肚子气吗?"

父子两个觉得也能说过去。

儿子又问:"那进去后一脸的笑呢?"

王知叶老婆说:"他进去看到还有空位子,他不笑谁笑?"

一家人研究了一晚上,觉得这个谜底还有点贴边,儿子就按照老师的要求,把它写在一张白纸上,叠成一个小方块,第二天交给了老师。

可等老师评判的结果出来一看,全班没有一个猜对的。王知叶的儿子是三好学生,学习成绩全班第一,这一下脸上挂不住了,回家后缠住爸爸,非要他再想个谜底。

王知叶一边骂儿子的老师尽出新花样,一边绞尽脑汁再帮儿子猜答案。

正猜着呢,他的一个朋友突然打来电话,说有车在下面等着,让他马上下来。王知叶不知什么事,一路紧跑下了楼,就见那个朋友急得什么似的,见面就说:"快上车,身上带钱没?"

王知叶一拍口袋,说:"装着二十块钱呢!"

朋友一瞪眼:"二十块哪够? 走吧,我先给你垫上,最少二百块!"

王知叶一下直了眼,问:"干什么这么多钱?"

朋友说:"都怨我,人家让我通知你,可我忘了。"说着,朋友把一个信封交给了他。

王知叶从信封里抽出一个东西,看了看,说:"哦,是刘师傅家的。"刘师傅是他们这个工段资格最老的师傅,德高望重,王知叶想说什么,没说出来。

不多时,车子在一家大酒店门口停下来,朋友拉着王知叶跳下车就进了酒店。只见大厅里熙熙攘攘全是人,他们两个和人家寒暄了一番,就在一张桌子前坐下,大模大样地吃喝起来。吃完饭,从酒店出来,朋友说他还有点事儿,王知叶只好自己想办法回家。本打算叫个车,可一摸口袋,改了主意,还是省着点儿吧,坐公交车得了!到了站牌前,又想想,干脆,走回家算了。

就这样,王知叶拖着两条腿一直走到家里。老婆一见他就说:"你可回来了,儿子还等着你给他想那个谜底呢。"

儿子一看爸爸回来了,连忙拿着一张纸过来,缠着让爸爸继续帮他猜谜底。王知叶正累着呢,接过纸来胡乱写了几个字就扔还给了儿子。儿子见爸爸脸色很难看,也不敢多问,接过纸来就放进了自己的书包。

第二天,儿子放学进门,手里晃着昨天王知叶给他写的纸条,高兴地喊道:"爸,你真伟大,全班就我一个人猜对了!"

王知叶老婆好奇地问:"你爸猜对啦?他昨天给你写的什么呀?"

王知叶老婆要过儿子手里的纸条,展开一看,上面写的是:参加婚礼。

老婆不解地问王知叶:"你怎么想起给他写这个?"

王知叶说:"唉,别提了,你知道我昨晚干什么去了?我还欠人家两百元钱呢,昨天是刘师傅儿子结婚,朋友拖我去喝的喜酒!喜酒又不是白喝的,过几天还有一个主任要嫁姑娘,这不是又摆着让我送钱嘛!害得我连公交车都舍不得乘,一路走回来啊。你想呀,参加婚礼前,想着要送礼金,谁心里都窝着一肚子火;可到了酒席上,还得堆起一脸的笑……"

"是呀,是呀!"儿子在一旁接嘴道,"我们老师说了,他这个月一连参加了三个婚礼,后半个月只能勒紧裤腰带喝凉水了!"

(徐　洋)

(题图:杨宏富)

诱人的荔枝

　　这天黄昏，张健穿着 T 恤、短裤，带儿子东东去中山广场散步。

　　东东用小手拉着张健，扬着小脸说："爸爸，今天我们幼儿园老师说有一种水果叫荔枝，荔枝好吃吗？"

　　张健说："好吃呀，荔枝很甜很甜，比蜜还甜呢。"

　　东东露出向往的神情："爸爸，那我们家为什么不吃荔枝呢？"

　　张健笑着说："傻孩子，荔枝是南方产的，而且很容易坏，咱这个北方小城是买不到的。"

　　东东失望地"哦"了一声，跟在张健的身后往前走。

　　走了没多远，刚好撞上单位的马局长，张健忙让东东叫"爷爷好",东东很乖,甜甜地叫了声:"爷爷好。"

马局长和气地摸着东东的头,问:"多大啦?"

东东说:"4 岁。"

马局长笑了:"哟,比我小孙子还小两岁。"

张健看见马局长,想起单位最近要搞货币分房,自己家住房困难,正好趁这机会和局长说说。他就吞吞吐吐地说:"局长,我有点事……想和您说。"

局长点点头,说:"那上我家说吧。"又低下头问东东:"东东,去爷爷家玩儿好吗?"

东东见马局长笑眯眯的,就点点头。张健还想推辞,马局长说:"没事,去我家坐坐吧。"于是,张健带着东东,跟局长一路走到他家里。

到了局长家,张健还没说上几句,门一开,局长的小孙子胖胖从外面跑回来,手里举着一个塑料包,兴奋地大叫:"爷爷,姑妈从海南岛回来,给我带来了荔枝!可好吃啦!"说着,胖胖剥了一个荔枝,塞进爷爷的嘴里。

马局长搂了搂胖胖:"乖,胖胖去玩吧,爷爷有客人。"

忽然,局长看到东东眼巴巴地瞅着胖胖手里的荔枝,就说:"胖胖,去给弟弟几个荔枝吃。"

胖胖斜了东东一眼,嚷道:"这是姑妈给我的荔枝,我不给他吃!"

局长朝张健尴尬地笑笑,摇着头说:"这孩子……"看得出,胖胖是家里的小皇帝,连马局长也奈何不了他。

张健忙说:"不用,不用,我家东东不喜欢吃荔枝。"

"我……我想吃荔枝!"东东偎在张健怀里,小声地说。张健有点尴尬,暗暗捏了东东一把。

局长又说:"胖胖乖,给弟弟吃几个嘛!"

"不!"胖胖把头摇得像拨浪鼓一样,"就不给!"

张健朝东东板下了脸："东东，别不听话。"东东见爸爸生气，只好垂下头，眼泪在眼眶里打转。

胖胖把荔枝拿到客厅另一头，剥开几个吃了，把剩下的往茶几上一放，就回自己屋去玩了。东东呆在爸爸身边，眼馋地瞅着茶几上的荔枝。

这时候，电话铃响了，局长起身接电话。东东的眼睛一眨不眨地望着那些荔枝，嘴巴一瘪一瘪的，他伏在爸爸耳边，小声说："爸爸，我想吃荔枝。"

张健一把把东东搂到怀里，悄声说："你听话，不要闹，爸爸答应让你吃荔枝。"

"真的。"东东的眼睛亮闪闪的，高兴地点点头。

局长这个电话真长，聊起来没完没了，张健和东东都坐着发呆，最后，张健干脆站起身，在客厅里转开了，观赏局长家陈列的小摆设。

又过了好久，局长的电话才打完，他连连向张健说"对不起"。张健见该说的都说了，就起身告辞。

局长安慰张健说："你放心吧，局里会考虑你家的具体情况的。"说着，就往外送张健。

东东被爸爸拉着走到门口，一步三回头，恋恋不舍地望着茶几上的荔枝，他意识到只要一出这个门，就再也吃不到荔枝了，于是突然就挣脱了张健的手，大声说："爸爸，你骗人！我要吃荔枝！"

张健一呆，想去拉东东，但东东倔脾气发作了，朝地上一坐，委屈地大哭起来："我要吃荔枝，我就要吃荔枝，你答应了我的！"

马局长一愣，说："好好，爷爷给你拿。"他转回身，就要去拿荔枝，谁知这时候胖胖听到东东的哭声，从房间里跑出来，一溜烟地拿起茶几上的荔枝就飞快地跑回房间，"咣——"的一声就把门锁上了，局长慢了一步，手抓了个空。

　　东东一看荔枝没有了,闹得更凶,站起身跑前几步,一不小心踢碎了茶几下面的暖瓶,只听"砰"的一声响,暖瓶里的水流了一地。张健的脑子里"嗡"地一响,暗道:完了,一切都完了!

　　稍稍清醒一下,张健便大步走过去,一把抓住东东的脖子,把东东摁在地上,狠狠一巴掌打在东东的屁股上,东东顿时像杀猪似的大哭起来。

　　局长忙走过来,拉住张健的手,连声说:"小张,你这是干什么呀?快别打了!"

　　张健停下手,一句话不说,脸色铁青。

　　局长叹着气道:"现在的孩子呀,都了不得。没事,小张,你带东东走吧,这里我来收拾。"

　　张健想赔笑,脸上的肌肉抽搐一下,却怎么也笑不出来,他犹豫了一下,抱起东东,大步朝外走去。

　　外面,天已经黑透了,昏黄的路灯照在街上。东东哭累了,在爸爸怀里开始昏昏欲睡起来,忽然,他觉得有一滴温暖的水珠掉落在自己脸上,他猛然惊醒了,想挣脱爸爸的手。

　　爸爸放下东东,在路灯下把儿子搂在怀里,伏在他耳边小声问:"还疼不疼了?"

　　东东搂着爸爸的脖子,在他耳边说:"只有一点点疼了。"

　　"乖,爸爸给你吃荔枝好不好?"

　　东东吃惊地看着爸爸,只见爸爸变戏法儿似的,真的从手里变出了一颗荔枝。

　　东东天真地笑了,拿起荔枝就咬,爸爸说:"荔枝是要剥皮吃的。"东东想起刚才胖胖吃荔枝的样子,于是就用嘴先把荔枝咬开一个小缝,然后用手一点一点地剥着。

　　东东不知道,爸爸为了让他吃到这颗荔枝,平生第一次做了小偷,刚才在局长家客厅里参观小摆设的时候,他偷偷藏了一颗荔枝在手心里……直到现在,心里还内疚呢!

看着东东小心又兴奋地剥着荔枝皮,张健的心里真说不出是什么滋味。突然,东东懂事地把剥了皮的荔枝肉塞到张健嘴里,说:"爸爸,你先吃。"

张健的眼泪夺眶而出:"乖,东东,爸爸以前吃过的,东东吃!"

东东这才把荔枝伸到自己嘴里,咬了一小口,他觉得这荔枝真甜,比蜜还甜呢……

(小　芦)

(题图:黄全昌)

竞拍

  前不久,某市一个市长因经济问题东窗事发,警察在他家搜出了大量赃物,决定一个星期后对赃物进行拍卖,其中有一幅国画,特别惹人注目。

  这画本身的功力倒是一般,但它是清朝大臣和珅画的。据野史记载,乾隆皇帝第二次下江南途中,和珅为了取悦乾隆,附庸风雅作了这幅画,当时乾隆爷看了哈哈大笑道:"和爱卿,棋琴书画可不是你的长处,以后就别在纪晓岚面前丢人现眼了。"不过话虽这么说,乾隆还是感念其一片忠心,命人把画装裱了起来,御赐给了和珅。据说和珅从此就再也没有作过画,于是,这幅画到现在就成了孤品。

  赃物拍卖的消息传出来后,不少懂行的人都在打这幅画的主意,及至拍卖会开始以后,场面一直挺冷清,直到这幅画拍卖开始,气氛才热了起来。

只听拍卖师大声介绍道:"大清乾隆皇帝身边大红人和珅的国画一幅,起拍价五万元!"

话音刚落,人们纷纷举牌,一眨眼工夫,国画的身价竟一路飙升至十五万元。

一个戴眼镜的中年男子和一个留披肩长发的艳丽女郎,一直在较着劲儿,两人你来我往寸步不让,大家都目不转睛地盯着他们,拍卖会进入了高潮。

几个回合下来,这幅画的价格"噌噌噌"地升到了二十万元,正当双方都有点犹豫的时候,有个缩在角落里一直默不作声的老头儿静静地举起了牌子,不动声色地报了个价:"三十万!"

全场顿时鸦雀无声,人们目瞪口呆地盯着这个貌不惊人的老头儿,猜不透他是什么来头。

拍卖师看了看刚才一直在较劲的一男一女,他一字一顿地把"三十万"喊了三遍,见他们两人此刻都没有再举牌的意思,随着最后一次喊价结束,槌子重重地落了下来。

这可真是一槌定音!老头儿终于以三十万元的高价,将这幅国画竟拍到手。

因为是赃物拍卖,早有几个有新闻敏感的记者在场子里等着看有什么好料可以报,这下他们可来了劲儿,纷纷凑上来,想采访老头儿。

可老头儿什么话也没说,接了拍品,突然眼泪就"吧嗒吧嗒"地直往下掉,手也开始抖起来。

记者们更坚信这里面一定有故事,于是纷纷拿出相机拍照。

只见老头儿慢慢展开画幅,痛哭流涕地说:"和珅大肆搜刮民脂民膏,老天有眼啊,他最终还是让嘉庆爷给斩了!"他这番话,说得大伙儿丈二和尚摸不着头脑。

老头儿扫了大家一眼,长长地舒了口气,接着说:"大伙都知道,今天拍卖的这幅画,是那个贪官市长的赃物,你们肯定很恨他。其实,你们也该恨我,因为我是他爹!以前,我一直为儿子能光宗耀祖感到自豪,可从来没有想到过要提醒他好好做人。现在,我把自己家的老宅卖了,用卖房子的钱来买这幅画,我要把它捐给博物馆,让更多的人看到它,让大家都知道,再精明的贪官,早晚也是要被斩的!"

全场一片静默……

(石长洪)

(题图:安玉民)

吃肉咋这么难

　　黄大明和他的几个兄弟姐妹都在城里成家立业了,可父母就是不愿进城跟儿女们一起生活。知道内情的,说黄大明的父母不改农民本色;不知道内情的,还以为黄大明兄弟姐妹对老人不孝顺呢。

　　老人心肠软,经不起儿女们的再三劝说,后来总算答应进城了。这一天,黄大明和兄弟姐妹带上爱人、孩子,欢天喜地地到车站迎接两位老人。

　　老人下车时,已是中午,该吃饭了,黄大明问他们想吃点什么,母亲说:"就吃扣肉饭吧。"

　　扣肉饭是他们老家的特色饭,物美价廉,可城里没有这种饭,连扣肉也非常稀少,去哪弄扣肉给父母吃呢? 弟弟说,临江宾馆的自助餐有扣肉。临江宾馆就在车站旁边，于是，一群人立即簇拥着两位老人向临江宾馆走去。

果然，宾馆的自助餐有扣肉，而且色香味俱佳。黄大明在选菜时，特意挑了2块"五层楼"给父母，那是扣肉中的上品。可让他哭笑不得的是，当大家各自选菜最后在餐桌旁围坐下来时，才发现因为知道两位老人喜欢吃扣肉，为了表示心意，大人、小孩每人都不约而同地给老人夹了2块扣肉，放在一起竟有满满一大盘哩！

黄大明不由皱起了眉头：父母哪里吃得了这么多啊！他给父母夹了几块在碗里，剩下的便要放回去。这时候，一位餐厅小姐过来提醒说："对不起，先生，餐厅有规定，夹过的菜不能再放回去了，那样不卫生。"说得也是，谁知道你这夹回去的扣肉吃没吃过？

既然退不了，那就吃吧！可两位老人是无论如何也"消灭"不了这一大盘扣肉的，父亲吃了2块，母亲只吃了1块，其余的原封不动，谁也没动筷，黄大明只好让餐厅小姐拿食品袋来，准备把扣肉带回去。可小姐却说，在自助餐厅用餐，是不能把饭菜带出去的，因为自助餐的用餐标准是按人规定了的，如果餐食放开，万一来了个贪心的客人，大包小包地又吃又拿，那餐厅可就亏本了。

老父亲看着这一大碗扣肉，心疼地说："吃又吃不了，带又带不走，真是太浪费了。"

黄大明向餐厅小姐道歉说："不好意思，多夹了这么多扣肉……"

他还想解释几句，餐厅小姐却微笑着打断他的话说："不客气，先生。不过，我想提醒您的是，为了杜绝客人随意多要饭菜的浪费行为发生，更为了让客人养成合理就餐的习惯，我们餐厅提倡吃多少拿多少，对过多吃剩的顾客，餐厅是有罚款规定的，每吃剩 50 克,罚款 50 元。当然,50 克以下还是允许吃剩的。我们餐厅的自助餐肉,每块正好是 50 克,你们这一大盘扣肉如果吃不了,那肯定是要罚款的。"

黄大明一听,挺生气地说:"这种规定你怎么不早说,现在才告诉我们?"

小姐依旧一脸微笑,告诉黄大明说:"对不起,先生,不是我们故意不说,其实这条规定就印在餐票背面,只是您没有仔细看而已。"

黄大明低头拿起放在餐桌上的餐票,背转过来仔细一看,白纸黑字写得清清楚楚,都怪自己一开始没看,现在只好认罚。一伙人大大小小一共是 16 个,每人都给老人拿了 2 块扣肉,一共是 32 块,父亲吃了 2 块,母亲吃了 1 块,32 减 3,碗里还剩下 29 块扣肉,按 50 克一块扣肉、每 50 克罚款 50 元的标准,这 29 块扣肉竟要罚款 1450 元。

黄大明很不情愿地把钱掏出来,正要递给餐厅小姐,忽听到"啪"一声响,老父亲拍桌而起,把黄大明和小姐都吓了一跳,餐厅里的人也都不约而同地望着这个乡下来的老人。

只听老父亲激动地说:"1450 元,那是农民几亩地的收成啊,怎么就这样轻易认罚呢?"

黄大明小声嘀咕了一声:"不认罚还能怎么样?"

父亲说:"吃,你们每人给我吃两块,把盘子都舔得光光的,看他们还罚我们什么!"

扣肉都是用肥肉做的,黄家这些人平时早就不吃肥肉,何况现在又吃饱了,哪里还吃得下? 十几个人面面相觑,又一齐望着扣肉,皱起了眉头。

邻桌的人交头接耳,虽然声音很低,但黄大明还是听清了几句,都是嘲笑的话,说得很难听,黄大明脸上热辣辣的,恨不得钻到桌子底下去。他拉了拉父亲的衣袖,轻声说:"爸,我们很多年没吃肥肉了,现在又饱得很,确实吃不下,您就不要难为大家了。我看,我们还是交了罚款走人吧,旁边人已经在笑话我们了呢!"

老父亲听黄大明这么说,十分生气:"笑话? 宁愿被罚也不吃肉才可笑呢,真是一群败家子! 好,你们不吃,我吃!"

老人一屁股坐下,埋头就吃起肉来,可他实在太饱了,吃了3块,就再也咽不下去,老爷子做梦也想不到,这辈子竟会被扣肉难住!

吃着吃着,老人家的眼泪就流了下来。母亲想帮忙,能力却有限,吃不了1块就腻得打颤,只好哀求说:"孩子们,求你们吃肉咋这么难啊,我……我给你们跪下了!"老母亲说着,竟真的站起身来,要跪到地上。

黄大明的眼圈红了,他赶紧扶起母亲,朝他的兄弟姐妹们大声吼道:"都坐下来吃肉,不吃完扣肉,我们不回家!"

(华　凯)

(题图:安玉民)

心 灵 之 桥

唯有人的心灵才是真实的。严格说来,像貌不过是一种面具,真正的人在人的内部。对心灵来说,没有微不足道的小事。

寻找李小路

　　有座小城依山而建,城下流淌着一条江,这条江就成了小城人的命脉。然而,它喜怒无常,一下雨就洪水泛滥,不能行船,因而小城百姓倍感交通不便。

　　就在一年前,如同仙人牵来玉带,一条宽阔的水泥路穿城而过,连通了国道,小城人从此告别闭塞的日子,变得一天比一天富足,小城也一天比一天繁华起来。以前人们只听说"要想富,先修路",而现在小城百姓对此都有真切的感受了。

　　这天早上,一位四十来岁的大嫂沿公路走进小城。大嫂步履沉重,满脸疲惫,当她走到中心路口时,忽然两腿一软,瘫倒在地。路上行人纷纷围拢过来,关切地对大嫂问这问那,但大嫂面色苍白,一句话也说不出来。

路边有家小餐馆,老板夫妻分开众人,将大嫂扶到自己店里坐下,又喂下几口汤水,大嫂这才渐渐缓过气来。

人们见大嫂一副外乡人打扮,便问她家在哪里,来这儿做什么。大嫂说她家离此地一千多里路,她一路走来,是为了寻找儿子。

找儿子?这时就有人问:"儿子怎么啦?是离家出走,还是被人拐卖了?"

大嫂说:"不是的,儿子是为找他爸爸才离开家的。"

又有人问:"他爸爸是谁?来这儿是做生意呢,还是来出差?"

大嫂答道:"他爸叫李大宽,一年前曾在这一带修公路,后来就再也没回家。"

一听到"李大宽"三个字,周围一下子变得静起来,静得连针掉到地上也能听得到。

一年前,就在公路快要完工之际,一场泥石流似乎从天而降,一段正在修建中的路基出现了险情,若不及时排除,不但路基会被冲垮,而且还将埋没下面一片民房。危险关头,队长李大宽第一个冲入险区,带领全队奋战一夜,最终保住了路基,但因劳累过度,李大宽不慎落入水中,冲进江里。小城居民闻讯后,许多人自发地跑到江边,帮着打捞救生,但忙了三天三夜,也没找到李大宽,小城人为此深感遗憾。后来公路开通那天,人们在山坡上为他立了块石碑,以示永久纪念。

大嫂说:"丈夫出事后,我一直瞒着儿子,他才十三岁,我怕他心里承受不了打击,影响学习。但后来,儿子还是从我收藏的一份报纸上,看到了有关他爸的报道。为了安慰儿子,我骗他说:你爸肯定没有死。儿子似乎相信了我的话,前几天他给我留了张便条,就偷偷离开了家,他在条子上说,一定要找回他爸。"

在场的人听了都说:"李大宽当初是为我们而牺牲的,他的孩子就是我们的孩子。那孩子若来到这里，我们人人都会收留他，并且保证把他安全送回家。"

一些人取出笔和纸，记下了大嫂的家庭地址以及孩子的情况。最后有人劝她："你一个人走这么远的路太辛苦了，你放心回家吧，孩子我们替你留心就是了。"

大嫂摇摇头，坚定地说："我还要顺着这条路，一直寻找下去。"

餐馆老板见大嫂执意要走，就拿来一大包食品和饮料给她。大嫂要付钱，众人七手八脚把她拉开了，大嫂谢过老板夫妻，对大家说："这城里有这么多好心人愿意帮助我找儿子，我就不再久留了，请记住我的儿子，他的名字叫李小路。"

众人目送大嫂远去，回过头来，看到老板正把一块新写的牌子立在店门口，牌子上写着七个字：李小路吃饭免费。大家见了纷纷表示赞许，旁边两家餐馆立刻也学着样子，把那七个字写在自家店门上。

当天晚上，地方广播电台播出了一则特别新闻，报道李大宽之子千里寻父的消息，小城规模不大，片刻工夫，这消息就已经家喻户晓了。让人感动的是，城内所有饭店全都挂出了"李小路吃饭免费"的牌子。好些旅馆也行动起来，打出了"李小路住宿免费"的横幅。一时间，十三岁的男孩李小路，成了全城百姓关注的中心人物。

天黑下来，家家父母都要把在外面玩耍的孩子找回家，以往这时候，大街小巷到处能听到这样的声音："壮壮，回家喽！""江妹，回家喽！""石蛋子，回家喽！"但今天晚上，全城父母却不约而同地呼唤着同一个名字："李小路，回家喽！""李小路，回家喽！"

这呼唤声在小城上空此起彼伏，一直到深夜还能听得见……

（吴　港）

（题图：魏忠善）

煎饼妹子

临近中午时，被人称作"煎饼妹子"的罗怡芬又把她那辆食品车推到了居民区的大门口，立时围上来三三两两的顾客。罗怡芬就紧忙乎，舀面糊，摊鸡蛋，抹辣酱，放薄脆，只短短二三分钟，一个又香又软热乎乎的煎饼就做出来了。

突然，罗怡芬下意识地感到有人在注视着自己，她抬头一看，果不其然，一个留着连鬓大胡子的陌生男子正用火辣辣的目光死死地盯着自己看。

"看什么看，我又不是煎饼。"

谁知大胡子话也不搭，仍是那么毫无顾忌地盯着她看，仿佛她罗怡芬是座没被开采的金矿。

"哎哎哎，你买不买？"

大胡子干笑了一下,问:"你贵姓?"

"贵姓?"罗怡芬瞪了他一眼,"你又不是派出所的,查户口呀?"

大胡子迎着罗怡芬的目光,又问:"有经营证、卫生证、健康证吗?"

罗怡芬心里一"咯噔",心说:怎么,遇上工商的,还是城管的了?便挺不情愿地将一应证件从车子的顶部拿出来,递给大胡子看。

大胡子看得很仔细,边看边叨唠:"罗怡芬,罗怡芬……"然后将证件还给罗怡芬,不好意思地笑了一下,说:"给我来俩,多放点辣酱!"

"好嘞。"罗怡芬特意给每个煎饼多放了一个鸡蛋。她把热煎饼递过去,说:"好吃再来啊!"

大胡子递过来一张百元大票。罗怡芬笑笑说:"嗨,就俩煎饼,甭给了。"

大胡子摇摇头,说:"找钱!"

罗怡芬拍拍自己的口袋:"刚开张,没有那么多零钱。明天再说吧!"

大胡子却不干,"啪"地将老头票拍在车子上,说:"先放这儿,一起算!"说完,扭头走了。

罗怡芬看着他的背影,说:"神经病!"

这话立即引起旁边人的共鸣。人们告诉罗怡芬,这个大胡子不是什么工商城管的,他只是个画家,行为怪怪的,夜里通宵开着灯,白天却"呼呼"睡大觉。他老婆和他离了婚,一个儿子判给了他,上的是寄宿学校,平时很少能看见他们父子了,他怎么白天出来了?

"画家?妈哟,吓得我够呛。"罗怡芬举起大胡子的老头票,对着太阳一个劲地照,说,"这家伙,别给我张假钞吧?"

第二天是周末，大胡子又来了，并带来了他的儿子，那孩子也就七八岁，一副愁眉苦脸的样子。大胡子面无表情地说："来仨！"

那孩子拉拉大胡子的衣角，说："爸，我不想吃。"

"不吃这个，饿了怎么办？"

"我想吃肯德基。"

"不行，就这个！"

那孩子接过煎饼，噙着眼泪，一丁点一丁点地往嘴里塞。大胡子火了，吼道："吃药呐？大口吃！"

罗怡芬看着挺不忍心，这个当爸的，也太凶了点。于是她掏出瓶饮料，递给大胡子的儿子，说："小朋友，喝这个，就着吃啊，乖！"

那孩子眼里放出光，笑着说："谢谢大姐姐！"

大胡子一拧孩子的耳朵，说："叫阿姨！"

罗怡芬差点"扑哧"乐出声来，心说：我再岁数大，也只有二十多，当孩子姐姐怎么啦？还非得叫阿姨，这大胡子，真怪。

这以后，大胡子天天来买煎饼吃，而且一次要买五个。每到周末，大胡子还一定带着他儿子来吃。每次那孩子都是一脸的不高兴，可也无奈。

一天，罗怡芬问大胡子："老吃这个，不腻呀？"

"不腻！"

"你怎么自己不开伙？"

"麻烦。"

这时，煎饼车前没顾客了，大胡子看看前后左右，突然，他的喘气变得粗了，结结巴巴地说："你后、后脖子上那、那红痣真好看。"

"呀！"罗怡芬的脸"腾"地红了，急急用手摸自己的后脖梗处，可今天穿的是高领衫呀，这鬼东西，什么时候偷看的？她警惕地看看大胡子,说:"请你自重点!"

大胡子马上慌了,连着说:"对不起,对不起。"

罗怡芬感到自己的话重了,就往回转,说:"你应该快些找个媳妇儿,也好做口热饭,照顾孩子。"

谁知大胡子急了,摆着手说:"我不找,我不找。"说罢,看着罗怡芬,慢慢地说,"你不应当干这种活儿,你是有文化的,应该当白领。"

罗怡芬感到被侮辱了,不高兴地说:"我干什么和你没关系。"

大胡子耸耸肩,从兜里掏出一叠钱,递给罗怡芬。

"干啥?"

"我听街坊们说,你妈住院了,开刀,需要钱,这是借给你的。"

罗怡芬冷着面孔,也不接钱,目不转睛地盯着大胡子,想看看他究竟要干什么。大胡子想把钱放下就走,可罗怡芬一声断喝:"站住!"大胡子一个激灵,站住了。

罗怡芬指指那钱,说:"拿走!"

"我没有别的意思。"

"拿走!"

大胡子只好尴尬地把钱拿走了。

大胡子走后,罗怡芬真想"哇哇"大哭一场。她妈妈是个中学老师,得了重病,现在急需一大笔钱动手术,可她不能要这种不明不白的钱。

第二天,大胡子没来,第三天、第四天,大胡子仍没来。罗怡芬倒有点挂念他了,她就问老顾客。老顾客笑着说:"那个神经病,搞不懂。不过,他死不了,瞧他那邋遢样,小鬼都烦。"

人不经念叨,正说着大胡子呢,大胡子就来了。他一脸兴冲冲的样子,离大老远的就喊:"煎饼妹子,快给我来两个,饿死我了。"

没一会儿的工夫,两个煎饼就进了大胡子的肚子。他打了个饱嗝,拍拍脑袋,说:"呀,差点误了正事。"说着,将一个包包递给罗怡芬,说,"这是你妈的学生托我带给你妈的。"

"我妈的学生,谁呀?"

"二愣子。"

"二愣子是谁呀?"

"他的大名,嘿,我这狗脑子,怎么想不起来了。唉,反正他说了,于老师——就是你妈后天过生日,是吧? 你妈让他买的东西。他遇上我了,得,省了他的车钱……"

晚上,罗怡芬回到家里,和她妈一说,她妈如坠五里雾中。打开那包包一看,天,是一万块钱和一封信。信不长,说是 20 年前,他曾是于老师的学生,得到于老师亲切的关怀,才使得他的爱好志向有了结果,这令他终生难忘,所以在老师生日之际,送一笔钱给老师治病,云云。信尾也没有落款。

这是谁呢? 母女俩猜呀猜。

第二天,罗怡芬的煎饼车刚推到小区门口,大胡子带着他儿子就来了,他又要了五个煎饼。当他正要转身离开时,有人拍了他的肩头一下,同时叫道:"王彪!"

大胡子一惊,手上的煎饼"啪"地掉了,他回头一看,是罗怡芬的妈妈,他中学时的班主任于老师。

大胡子顿时像个孩子似的,低下头,腼腆地叫了一声:"于老师。"

于老师慈祥地看着大胡子,说:"你呀,还真成了画家了,怎么不上我家去啊?"

大胡子有点羞涩地笑笑,说:"我记得毕业时和老师说过,我不拿国际大奖不回来见您,可我现在还没拿到呢。不过,快了。"

"你呀,真倔! 就为这句话不敢来。你是怎么找到我的?"

大胡子一指罗怡芬:"那天,我一眼就认出小妹了。为了证实是她,我突然袭击,说起她脖子后的那红痣,她以为我是流氓,差点报警,吓得我呀……可,她怎么干这个呢?"

"卖煎饼有什么不好,她从小就爱吃我做的煎饼,长大了非要干这个。我说,你爱干就干,只要你高兴就行,干什么都是生活。可我听说你对你儿子太专横了,这可不对呀,这会压抑孩子健康成长的。别忘了,你当年在班上画画,你爸没少揍你,说你不务正业,是我坚持让你画的吧……"

大胡子看看儿子,一脸的不自在。可他儿子听了,却乐得一蹦老高,偎在于老师的身上,说:"奶奶,您带我去吃肯德基吧!"

"行,今天奶奶请客!"

大胡子王彪冲罗怡芬挤挤眼,用手指指自己的后脖子,扮了个鬼脸,罗怡芬就骂道:"不要脸!"

于老师回头问:"骂谁呢?"

罗怡芬一指大胡子:"他呗!"

于老师一拍脑袋:"你不叫,我还真忘记了,王彪的外号就是'不要脸'。这丫头,记性真好啊!"

嗨,这是哪儿跟哪儿呀。

(范大宇)
(题图:魏忠善)

打电话的老太太

　　小李承包了一个报亭,还装了一门公用电话。不过这年头差不多人人都有手机了,所以小李的公用电话生意冷清得很。

　　这天,小李坐在报亭里正犯困,一个老太太从窗口递进来一张揉得皱巴巴的纸,问小李:"小伙子,俺打个电话,你替俺拨个号成不?"小李说行。可是按纸上的手机号码拨过去,那头却传来"您拨打的电话号码不存在"的语音提示。

　　小李对老太太说:"老太太,打不通,没这个电话。"

　　老太太一听脸色就变了,身子也开始抖起来,说:"不会的,小伙子,你再试一试!"

　　小李点点头,又按那个号码重拨了一遍,可电话里还是那个冷冰冰的提示。小李告诉老太太,真的打不通。

老太太嘴唇也开始哆嗦起来了，几乎是在哀求小李："小伙子，你就再试一次吧，谢谢你了，俺出一趟家门不容易……"

小李这才注意到，老太太右手执一根拐杖，天这么热，岁数这么大，也确实不容易。可打不通就是打不通，试一千遍也没用呀，而且后面的人也在等着用电话，小李只好商量着对老太太说："这样，您请稍等一会儿，让别人先把电话打了，好吗？"

老太太点点头，拄着拐杖往一边儿挪，见她的动作那么缓慢艰难，小李真怕她摔在自己报亭前，忙拖了把椅子走出去，放在她身边，说："老太太，您先坐这儿等，等后面人打完了，我再给您拨一遍试试。"

老太太冲小李感激地点点头，坐下了，小李反正没事，就跟她聊起来，问她要给谁打电话。这一问，老太太的脸上马上放出了光彩，声音也大了起来，说："给俺儿子啊，他在广州大银行上班，忙得很哩，有一年没回来了，俺不放心，就出来打个电话问问。"

小李说："他既然在外面忙，就该给您装部电话啊，也省得您这么大岁数了还跑到外面来打电话。"老太太说："我儿子说了，租的房子住不了几天，再装个电话怪麻烦的，有事儿叫保姆出来打公用电话就成了，可俺今天就是想听听儿子的声音，就独个儿出来了。"

从老太太的这番话里，小李马上判断出她有一个什么样的儿子了：一门心思挣钱，不管老人死活，娘是垃圾钱是娘，绝对是个不孝之子，否则就不会找出这么拙劣的借口。不过小李没说穿，怕老太太伤心。

大概因为小李提到了她儿子的缘故吧，老太太的话匣子打开了，一个劲地夸她的儿子如何孝顺，说他回不了家，就给老太太雇了个保姆；老太太手里的拐杖也是儿子托人从广州捎来的，要200多块呢；儿子还说，等挣够了钱，就回来给老太太买套大房子，还要请最好的医生给老太太看病……老太太说的全是些陈芝麻、烂谷子的小事,小李当然没兴趣听,不过小李心肠好,他不忍拂了老太太的面子,也就有一搭、没一搭地应着。

可是,后来老太太说的一句话,让小李心里"咯噔"了一下。老太太说:"去年,我儿子回来过一次,我对他说:志国啊,我都是半截身子埋在土里的人了,还能活多久,你也该操心自己的事儿了……"小李脑子一闪,突然像想起了什么,忙打断老太太问:"你儿子叫什么?"

老太太说:"姓仇,叫仇志国。"

"你儿子叫仇志国?他眉头正中是不是有一颗黑痣?"

老太太顿时笑得皱纹堆满了脸:"是呀,是呀!"她连连点头,问小李:"小伙子,你认识他?"

小李含含糊糊地说认识,就是不太熟。说这话的时候,小李的心里突然像堵了块石头,他心里已经明白老太太的儿子为什么不给老太太装电话了,可是他沉默着,没说话。

这时候,后面的人终于都打完电话走了,小李对老太太说:"您坐着,我再给您试试。"他说着,就又拨起了刚才那号码。

拨了几下,小李突然喊了声:"糟了!"老太太忙问:"咋了?"小李用力拍了拍电话机,说:"这破电话又出毛病了。老太太,您别急,先坐这儿等着,我检查一下,看看是不是后面的接头松了。"

小李一溜走到书亭后面不远处,赶紧掏出手机给朋友阿灿打电话,说这里有一个老太太想给自己远方的儿子说几句话,让阿灿冒充一下,安慰老太太几句。

阿灿在电话那头笑起来:"行啊,你啥时候也变成雷锋了?"

小李压低声音说:"少废话!这老太太是仇志国他妈!"

阿灿一愣,问:"哪个仇志国?"

小李说:"还有哪个?就是那个仇志国!"

阿灿在电话那头不说话了,沉默片刻,说:"行,这个忙我帮。"

于是小李就回到电话机旁，装模作样地鼓捣了几下，然后拨通了阿灿的手机，说："喂，是仇志国吗？"然后把电话递给老太太，"通了，是您儿子！"

老太太激动得有些手足无措，她接过电话，双手紧紧地搂在耳朵旁，颤声说："志国啊，我是你娘啊，你爹的忌日就要到了，你看你能不能回来一趟，到你爹坟上烧点纸……"

小李不知道阿灿都跟老太太在电话里说了些什么，但他的表演肯定挺入道，因为老太太说话的时候，眼泪不断地流，足足说了十多分钟，才把电话挂了。

老太太心满意足地长出了口气，然后问小李："多少钱？"

小李说："算了，我跟仇志国是朋友，这电话费就免了。"

老太太说："那哪成？我儿子在广州大银行上班，又不缺这几个钱！"

小李只好看看计价器，说："3毛。"

老太太从兜里掏出一个手帕，打开，从一堆零钞中拿出三个一毛的钢币交给小李，说："谢谢你啦，小伙子，你是个好人，以后俺还来你这里打电话。"随后，她从小李手里要回那张写着儿子手机号码的纸，小心翼翼地折好，与手帕里的钱包在一起，步履蹒跚地走了。

目送着老太太拄着拐棍的背影，小李轻轻地叹了口气，眼圈忍不住红了。他蹲下身，从书架底端抽出一张用来垫底的旧报纸，仔仔细细地盯着上面那个眉间有一颗黑痣的人像看，那照片旁边是一排黑体字，写着：轰动全国的特大抢劫团伙被歼灭，主犯仇志国被警方击毙。

这已是半年前的旧闻了，然而小李现在才真真切切地感到难过。

（武爱民）

（题图：魏忠善）

一道金牌菜

　　祥子进城去打工,在一家饭店给厨师当下手。

　　不到两年,祥子找了个城里的对象叫小晶,小晶对祥子说:"给人打工不如自己当老板。"于是两人东挪西借凑了笔钱,就在城郊结合部开了家小饭馆,取名"祥子菜馆",祥子在后厨做菜,小晶在前堂招呼客人。

　　按说这个地区来来往往的人多,生意应该不错,可是菜馆开张两个多月了,店堂里一直冷冷清清,祥子愁得整天唉声叹气。小晶琢磨了半天,对祥子说:"你看,人家菜馆里都有看家的金牌菜,什么白肉血肠,川味火锅,咱们店里缺道金牌菜。"

　　祥子一想:对啊,自己跟师傅学的是大众手艺,没点绝活拿不住客啊!于是他和小晶商量:"要不这样吧,我再去城里走走,看哪家有合适的我去学两手,回来咱好好改进改进,也创个牌子出来。"祥子说干就干,第二天就把乡下的老妈接过来,帮小晶一起照看店铺,他自己坐上了进城的汽车。

城里的饭馆一家连着一家,祥子选了一家门脸大的,进去就问:"你们这里的金牌菜是什么?"服务员指指门口说:"这么大的招牌写在那里,你没看见?"祥子跑到门口一看:"雪焖鲨鱼翅"。他扭头就走,嘴里嘀咕着:"这种菜我们可做不起。"他接着又进了一家,"香脆鳄鱼柳";再进一家,"青青嫩蛇羹"。服务员倒是挺热情,可祥子心里明白,这些菜即使他学会了做也没用,自家菜馆经营不起这套东西。

祥子只好再继续走,继续找。他走啊走,找啊找,走得饥肠辘辘,找得精疲力竭,后来走不动了,就走进一家押面馆里坐下来,一面吃押面一面和老板闲聊。那老板是个挺豪爽的汉子,听说祥子是专门进城来学手艺的,就对他说:"你不如跟我学做押面吧,这东西别看一碗才挣几毛钱,可你那个地方来来往往人多,我看一天准能卖出上千碗。"祥子觉得老板的话有道理,就留了下来。

学了一个星期,祥子谢过老板回到菜馆,此时午饭时间早过了,可店堂里还有很多人在吃饭,妈和小晶正忙着。小晶一看祥子回来了,高兴地拉着他说:"咱们有金牌菜啦!那天妈没事,做了盘小鱼酱准备自个儿吃的,让一个顾客尝到了,那人连连叫好,回头领来一大帮人,没几天,来的人就更多了,都是冲着这小鱼酱来的呢!"

小鱼酱?祥子又惊奇又兴奋:"这小鱼酱我也会做呀!小时候家里穷,妈给我做小鱼酱解馋,想不到这东西今天派上用处了?"于是,押面加小鱼酱,祥子每天都忙得不亦乐乎。

就这样,生意渐渐做大了,而且来的都是熟客。祥子乐得成天合不拢嘴,后来索性把旁边熟食店的店面盘了下来,把墙壁打通,两家合成了一家。

也就在这一年,祥子正式把小晶娶进了门。

这天晚上,等顾客都走了,祥子妈也上楼睡觉去了,小晶对祥子说:"店里忙不开,咱们不如请两个漂亮点的小姑娘来帮帮忙,咱妈到底岁数大了,腿脚又不方便,让她回去养老吧!"祥子听出来了,小晶这是嫌妈碍眼了,他心里虽说不乐意,可新婚的媳妇他不敢得罪,只得狠狠心,婉转地把这意思跟妈说了。

妈心里明镜儿似的,她抚着祥子的手宽慰道:"不碍事,其实妈早就想走了,城里我呆不惯,只是看你们忙,没好意思说,现在好了,妈明天就走。"

第二天,祥子就把妈送回了乡下。店里人手忙不过来,小晶就真的招了两个小姑娘来帮忙,菜馆里每天来吃饭的人依然很多,只是那些熟客进来,一看多了两个生面孔,就要问:"你妈去哪儿啦?"一面问一面还四下里找。祥子不好意思说妈被自己送回乡下了,就支支吾吾推说:"我妈去我姐那儿串门了,过几天就回来。"

推说的次数多了,这天,祥子在乡下的姐真的来了。姐对祥子说:"妈病了,让你回去一趟哩。"祥子生怕小晶一个人照应不过来,就和姐商量:"姐,店里生意这么忙,我怕是一时半会儿走不开。要不你先回,我等这两个小姑娘做熟了,就回去看咱妈,行不?"

姐见祥子不肯回去,挺生气,说:"医生说了,妈的心脏有病,要做了手术还能活十年八年的,要是做不成,就没多少时日了。"

"那……手术得多少钱?"

"听说得好几万。"

"那我……"祥子刚开口,小晶就一口把话接了过去:"那么多钱,我们一时到哪里去拿?这样吧,姐,你先带两千元回去,我们也算是尽到责任了。"

　　祥子见小晶这么说话，气得一跺脚把她拉进了里屋，等再追出来，姐已经哭着走了。

　　后来过了大约两个星期不到，那天夜里，妈突然心脏病发作，走了，祥子这时候才急急忙忙赶回家。姐对祥子说："妈临死前一直念叨你的名字，好像有话要对你说。"祥子听得悲痛欲绝，又懊悔不已。

　　回来以后，祥子很少说话，那些老熟客知道祥子妈去世的消息，都摇着头，叹着气，闷闷不乐地走了。再往后，他们就很少来菜馆了，就是偶尔来一回，点一盆小鱼酱，也是吃的少留下多。祥子闹不明白，小鱼酱还是从前一样的做法，莫非妈以前在小鱼酱里放过什么了？姐不是说妈临死前好像有话要对自己说，会不会就是关于这小鱼酱的事？

　　祥子心里堵得慌，这天见一个熟面孔从门口走过，是过去常来菜馆吃抻面小鱼酱的，忙一把拉住他问："老哥，怎么好久没来了啊？是我的小鱼酱做得不如从前好吃了？"

　　熟面孔连连摆手："哪里，哪里，我们哪有那么多讲究！"

　　"那你们怎么不来了呢？现在菜馆比过去冷清多了，还等着你们来捧场啊！"

　　"唉……"熟面孔看祥子说得这么认真，就长叹了口气，"祥子老板，不瞒你说，我们干粗活的人其实在哪里吃饭都一样，从前愿意多跑几步路到你们菜馆来，那是冲着你妈！她老人家待我们就像待她亲儿子似的，我们每回来，就像回自己的家。不瞒你说，看她招呼我们那样子，就像是回家看见了妈！三天不来看一眼，我们晚上睡不着觉哇……"

　　祥子愣住了：什么抻面小鱼酱，原来菜馆里吸引人的金牌菜是妈呀！

（翟德军）

（题图：魏忠善）

三个女人一件衣

温茹芳在大学城附近开了一家服装专卖店,来她这儿买衣服的大多是一些老师和学生,生意很不错。

这天傍晚,天上飘起了雪花,街上行人稀少,温茹芳以为不会再有生意了,正要关门时,来了一位女顾客,从穿着打扮看,这女人像是一位乡下来的大嫂,她在店里转了转,最后在挂羽绒服的货架前停下了。

温茹芳迎上去,热情地招呼,可那大嫂说话吞吞吐吐的,只见她从随身携带的包里掏出一件跟货架上一模一样的女式羽绒服,小声说道:"托您帮个忙,帮我把这衣服卖掉,行吗?看,挺新的。"

温茹芳开服装店已经好些年了,这种典当衣服的事倒是第一次碰上，她本想拒绝，恰在这时，她认出这件衣服正是前天卖出去的一件，记得买这衣服的是师范大学一位姓童的女教师。想到这里，温茹芳心里一惊：不会是销赃吧？莫非这大嫂是个小偷？不像啊！但她还是多了个心眼，试探道："你打算卖多少钱呢？"

大嫂一听这话，顿时舒了口气，笑道："你看着给吧，我也不识货。这种衣服你的标价好像都在1000块以上，你给我200块行吗？"

看来她是急于脱手了，温茹芳接过衣服，说："好吧，你先放我这儿，等卖掉了我再给你钱。"大嫂一下急了："不行，我急等钱用。"说着，她就从温茹芳手上夺回衣服，转身要走。

这下轮到温茹芳急了，心想：不能让她这样走掉。便一把拽住她，说："我可以给你付现金，不过你得告诉我，这衣服是哪来的？这不过分吧？"大嫂愣愣地看着温茹芳，说："原来你把我当小偷了，好吧，实话告诉你，这衣服是师范大学的童老师送我的，我看还跟新的似的，舍不得穿，就拿你这儿来，看能不能换点钱……你要不信，我给你看身份证。"说着，她真的掏出了身份证。

看过大嫂的身份证，温茹芳相信了她的话，二话没说，付给她200块钱。大嫂拿到钱后很感激，连声说："谢谢，谢谢你啦！"

等大嫂走后，温茹芳突然觉得还是有点不对劲：照大嫂所说，这衣服本来就是童老师送给她的，那她完全可以稍稍打点折，怎么会这么便宜卖了呢？

温茹芳怕背上销赃的罪名，立即和童老师取得联系，以"售后服务"的名义和她聊起了那件羽绒服："童老师，前天你买的那件羽绒服质量还行吧？"

"我想应该行吧，对了，我刚刚送人了。"童老师很健谈，接着她告诉温茹芳：她家有一个保姆，是乡下的一位大嫂，这保姆心眼好，人勤快，童老师一家都很喜欢她。前几天，大嫂因为家里有事，要辞工回家，临走前两天，童老师想对她表示点什么，大嫂知道后生了气，说啥礼物也别买，买了她也不会要。正巧那几天寒流来了，童老师看大嫂穿得单薄，便决定给她买件羽绒服，但想到大嫂那犟脾气，决不会接受这么贵重的礼物，童老师便使了个小心计：临送大嫂出门时，说天气太冷，让大嫂添件衣服，说着就从柜子里装模作样"翻"出了那件新买的羽绒服，谎称是自己穿过的，因为不合身，一直放在家里，不如送人算了。大嫂信以为真，这才接受了那件衣服。

听完童老师的电话，温茹芳愣在了那儿，和童老师相比，她觉得自己的心黑透了。从这天起，她就把那件衣服随意地挂在一个不起眼的角落，失去了向人推销的兴致。

这衣服一挂就是两年，两年后的一天，一位姑娘走进了店里，温茹芳认识她，知道她是一位留校不久的大学毕业生，是中文系的，曾以学习刻苦而名扬大学城。

姑娘想买件衣服，她意外地发现了那件挂在角落里的羽绒服，仔细看了看，非常满意，喜形于色地叫道："再合身不过了，我就要这件，多少钱？"

面对这件衣服，温茹芳的心隐隐有些作痛，她没有了开价的勇气，只是说道："随便给吧。"姑娘有点吃惊，但她倒是很痛快，说："我打听过了，这种衣服售价也就是800块左右，给你800块吧。"说着，她就从包里掏出钱来，递给温茹芳。

温茹芳有些迟疑，但还是接在手中，数也懒得数，直接放在了包里。姑娘提醒道："你怎么不数一下？还差你100块呢。"温茹芳说："没事。"说着她就把衣服取下来，要给姑娘装进提袋里。没想到姑娘一把拦住她，说："别这样，继续挂你这儿。"温茹芳不解，望着姑娘，问："啥？还挂我这儿？"

"对，就挂你这儿。"姑娘说，"待一会儿我会带我妈来你这里买衣服,我妈这人啊,在自己身上花一分钱心都疼,这些年节衣缩食供我上大学,吃了不少苦。我现在有了工作,第一次拿到工资,想给我妈买一件好一点的羽绒服,让她穿个暖和,可我妈怕花钱,我就说现在羽绒服便宜了,她死活也不相信,所以我只好让她亲自来。待一会儿你就说这衣服减价了,才卖100块,只有这样,我才能说服我妈买下这件衣服,这也就是我为什么刚才只给你700块的缘故。"

温茹芳听了,心里顿时涌起一股暖意,她答应了。

天底下的事情居然真有那么巧,下午,姑娘带着她的母亲走进温茹芳的店,温茹芳一眼就认出了她——这位让自己负疚两年的大嫂!温茹芳惊讶得说不出话来,倒是大嫂显得格外平静,她笑着冲温茹芳点点头,巧妙地暗示道:"这么好的服装店,我还是第一次进来呢。"温茹芳会意地笑笑,而心里却突然有一种想哭的感觉。

"戏"就这么开始演了:姑娘随手取下早已买下的那件羽绒服,拽着让母亲试穿起来,她母亲嫌贵,不肯穿,温茹芳在一旁就说,这衣服不贵,才卖100块。大嫂显然不相信这么便宜,她拿过衣服,左看右看,似乎发现了什么,最后抬头盯着温茹芳,问:"真的才卖100块钱?"

温茹芳知道大嫂认出了这件衣服,她突然生出一个大胆的主意,也许只有这样才能诱使大嫂买下这件衣服,于是便不慌不忙地说:"大嫂,老实跟你说吧,这是我两年前进的货,当时进价200块,可不知为什么,一直卖不出去,所以我只好自认倒霉,折价一半卖掉算了。"

姑娘急得干瞪眼,这哪叫配合?简直是胡闹,可让她意想不到的是她母亲听了那席话,沉吟片刻,突然对女儿说:"好吧,这衣服我买下了。"

这一招果然见效,温茹芳冲姑娘笑了笑,姑娘这时高兴坏了,等不及温茹芳把衣服装进提袋里,就急着掏出100块钱塞给温茹芳。

这时,大嫂在一旁发话了:"人家做生意也不容易,进价200块,哪能让人家亏本?平常我把钱看得太死,但也不能昧着良心做事。"说着,她从自己口袋里摸出一张百元钞票,按在了温茹芳的手心里,并意味深长地说了句:"妹子,谢谢你啦!"

姑娘也不在乎母亲额外多付的那100块钱,只要母亲接受这件衣服,她就心满意足了。可她哪里知道,两年前的那个风雪夜,母亲给她送去的200块钱,就是用这件衣服换来的。

送走母女俩,温茹芳来到邮局,填写了一张700块钱的汇款单,收款人就是刚才替母亲买衣服的那位姑娘。温茹芳同时还给她写了一封信,诉说了一件浸润着浓浓亲情的羽绒服的故事……

(许申高)

(题图:魏忠善)

不去等待是对的

　　大个子没毕业就找到了工作,他高兴地问女友俞敏,自己头一天上班穿什么衣服比较合适。俞敏上上下下打量了大个子一番,眼珠儿一转,就把他带到百货大厦,说这个季节还是买件衬衫吧,花钱不多,穿着也大方,又比较正式。

　　可是两个人在商厦里逛了一大圈,看得眼花缭乱,也没挑中一件称心的。大个子想找张椅子坐一坐,心急的俞敏却又把他带进了另一家男式衬衫专卖店。

　　刚走进店堂,俞敏忽然像发现新大陆似的叫起来:"喏,大个子,你看这件怎么样?"

　　大个子顺着俞敏手指的方向一瞧,是一件天蓝色短袖格子的衬衫,看上去休闲而不失庄重,这颜色大个子喜欢,再细看料子不错,做工也地道,大个子于是想把衣服拿下来试穿一下。

可是营业员笑吟吟地走过来,抱歉地告诉他说,这件衬衫几分钟前刚被一个姑娘买下,她已经付了款,只因一时内急,去洗手间了。

俞敏问营业员还有没有同样款式的,营业员摇摇头,说:"真是不巧,这款衬衫卖得特别好,就剩这一件了。要不,您试一下其他款式的好吗?"

大个子颇感失望,另试了几款,总觉得不满意。正打算要去别家店再转转,突然听到背后有人喊他的名字,声音是那么耳熟,他回头一瞅,不禁愣住了。喊他的,竟是他以前的女友石蓉。

大个子与石蓉分手是几个月前的事。就像许多大学情侣一样,本来谈得好好的一对,一到毕业时候,矛盾就来了! 大个子是本地人,毕业之后想留在本地工作,可以照顾年迈的父母;而石蓉是杭州人,毕业后铁了心要回杭州。于是,石蓉便提出分手。看着大个子心似刀割的样子,石蓉泪如雨下,但石蓉主意已定,所以此后无论大个子是打她寝室电话还是打她的手机,她都不接,去找她也根本不理,两人就此断了来往。

大个子没有想到此时此刻,他会和石蓉在这里碰到,而且最让他手足无措的是,他还带着新女友呢!

大个子尴尬地同石蓉打了声招呼,当然,他脸上的这种神色变化也逃不过机灵的俞敏的眼睛,所以三个人并立着,气氛有点僵。

"喏——"营业员一看石蓉回来了,就指着她对大个子和俞敏说,"我没骗你们吧,就是她先买下的。不过,"她满脸堆笑地冲着他们三人补充了一句,"既然你们认识,又都看中了同一件衬衫,那你们就自己商量着办吧!"

营业员的这席话,让一时尴尬的气氛活转了过来。石蓉立即欢快地对大个子说:"原来你也看中这件衬衫啊? 那太巧了,我本来买了就是要送给你的,算作咱俩同学一场的礼物吧。这下倒好,现买现送哩!"石蓉说着,"咯咯"笑出声来。

清脆的笑声感染了大个子和俞敏,他们也情不自禁地笑了起来。不过,石蓉的笑坦荡,大个子的笑心虚,俞敏的笑则似乎多了一丝警惕。

但是话说回来,笑归笑,难道自己真就当着现任女友的面,收前任女友的礼物?何况这衬衫还是现任女友为自己看中了的。唉,这道难题可真费脑筋啊,大个子觉得为难死了!

大个子心里犯着嘀咕,就偷偷瞟了俞敏一眼,从俞敏那微微带着戒备和醋意的眼神里,大个子知道她早已把自己和石蓉的关系看了个透。那接下去,自己该怎么办呢?

这时,石蓉已经让营业员把衬衫收好,放进购物袋,递了过来。大个子条件反射般地伸出手,却僵在半空,接也不是,不接也不是。

不料,这时候一只纤纤玉手却从他背后倏地伸过来,替他把购物袋接了过去。大个子侧目一看,这人不是俞敏是谁!她也正狡黠地盯着他呢,那笑盈盈的眼神儿古灵精怪。

"谢谢啦!她是俞敏,是我……新……新女友。"大个子回过神来,慌忙替她俩引见。大个子把"新"字压得很低,然后又转向俞敏:"这是石蓉,是……是……"说到这儿,大个子的喉咙好像突然卡住了,好一会儿吱不了声。

石蓉没让大个子说下去,主动替他解了围:"我还有事,先走了哦!"她全然不在意似的说,"你们慢慢逛,拜拜。"

没走出几步,石蓉又蓦地回转身,对大个子说:"毕业了,也不知道什么时候再见,我们总该道个别吧?拣日不如撞日,就今晚七点,老地方啊,不见不散。还有,别忘了穿上我送你的这件衬衫呀!"

"啊?"

也不待大个子反应过来,石蓉已经顾自走了开去。大个子望着她娇小的倩影,既怕她陡然回首,又盼她再回头一次,心底感慨万千……

"舍不得吧?"俞敏眨着她那双乌黑发亮的眼睛,半开玩笑半认真地对大个子说,"舍不得也不许你追过去!走,再给你买条裤子去。"她轻哼一声,拉起大个子的手,就往下一家商厦拽,那劲头儿似乎在说,既然人家抢先给你送了衬衫,那裤子非得穿我买的不可……

两个人买完裤子,从百货大厦出来,天已渐黑,乘公交车回学校,一块儿吃饭,又用去了一个多小时。眼见离石蓉约大个子七点道别的时间愈来愈近,俞敏却丝毫没有放大个子走的意思,一直陪大个子在学校的草坪上干坐着,有一搭、没一搭地闲聊。或许大个子这头越心焦,她那头倒越得意哩!装着衬衫和长裤的袋子一直在俞敏的手里攥着,不叫大个子碰一下,看来大个子赴约的事儿八成要黄。

大个子心里急得火烧似的,他有心想把话题往石蓉身上扯,却又不晓得怎么开口。

倒是俞敏先发声音了:"老地方在哪?"

"啊?"大个子心里一惊,莫非她要跟了去?"嗯……就在学子广场。"

"学子广场?那儿挺偏啊!"

"嗯,是啊,是有……有点。"

"不担心她的安全吗,要是让她一个人在那里等太久?"

"嗯……我……"大个子真的不知该怎么说好。

"去吧。"俞敏终于松了口。

"真的?"大个子有点难以置信,看俞敏的神情不像开玩笑,这才跳起来,"我去去就回哦,不会呆多久,我和她真没什么。"

"我信你。去吧!"俞敏语气恳切,大个子为之一震。

大个子没走出几步,俞敏突然喊了声:"回来!"

怎么忽风忽雨啊,难不成刚才是在试探我?大个子战战兢兢地又跑了回来。俞敏没说话,闷声不响地把手里的购物袋递给他,大个子松了口气,不由笑起来,俞敏也笑了……

大个子换上那件衬衫,有心还想换上那条新买的裤子,可惜仓促间没有地方换,只得作罢。他让俞敏先回寝室,自己这才向学子广场走去。

空旷的学子广场上夜风清凉,不见一个人影,大个子等啊等啊,一直等到八点,都没见石蓉的身影。给她发短信,没回;打她手机,也无人接听。直到九点,石蓉还是没有出现,大个子只得悻悻离去。

临走,大个子发了条短信给石蓉,告诉她,自己不再等了。这会儿,石蓉的回复很快就来了,连续三条,大个子一口气读下来。石蓉在短信里说:"非常抱歉,放了你'鸽子'。不过很高兴你终于回去了!你早该回去,压根不用等我,那边有一颗真正爱你、包容你的心在等你。衬衫我本来是买给我弟弟的,见你喜欢,就送给你留个纪念。另外,瞧你在商场时看我的眼神,有几分怕你只是把她当成我的替代品,所以我邀了你又爽约,无非是想坚定你的心,不去为没有结果的爱情等待。她肯让你来,说明她是个值得信任的宽容的女孩。希望你好好爱她。祝你们幸福!蓉。"

读着读着,大个子的泪水不经意间滑出眼眶,在脸上挂下一道温热的泪痕,为石蓉,也为俞敏……

(林贤安)

(题图:谭海彦)

留住真情

　　宋城电视台有个音像服务部,最近新开了一档制作录像光盘的业务。

　　这天,宋城著名的阳光敬老院院长找上门来,说他们院里有个名叫小翠的管理员,由于工作态度好,深得院里老人的欢喜,可惜最近她要跟丈夫回老家了,老人们想让电视台的人过去,把小翠为他们最后一次服务的情景拍下来,制成光盘,以后什么时候想她了,就可以拿出来放着看看。

　　服务部的张经理一听,觉得这件事情很有意思,立刻点头答应,并且第二天一早就让小周扛着摄像机去了敬老院。

　　小周是个有经验的摄像师,为了缓解小翠的紧张情绪,取得最佳拍摄效果,在拍摄前,他特地先和小翠聊了一会儿家常,让她不要紧张,平时怎么做,拍摄的时候就怎么做。小翠是个活泼的姑娘,起初看到小周和他肩上的摄像机还有些紧张,经过小周的一番指导,怵镜头的感觉很快就消失了,当下就拿起扫把,哼着歌儿干起活来。小周看小翠进入了状态,这才把摄像机打开,把小翠的一举一动摄了下来。

大约半小时后,小翠进入011号房间。这间房里住的是一个八十开外的老头,小翠在为他收拾床铺的时候,发现老人枕头下有一盒香烟,突然脸色大变,拿起来就往地上扔,嘴里还骂了一句:"你这个死老头子,没耳性!"老人见小翠发火也不示弱,愤愤地回了一句:"你个死妮子,多管闲事!我吸烟死不了,倒叫你给气死了!"

小周简直看傻了:你小翠再自然放松,总不见得让我把你和老人吵架的镜头录下来吧?而且他也想不通,这样一个在镜头面前都控制不住自己情绪的服务员,平时怎么会深得老人的喜欢?但既然是院长所托,而且为了使小翠保持最真实自然的状态,小周没说一句话,只是悄悄关了录像开关,扛着摄像机做做样子,直到老少两人停止了争吵,才继续拍摄下去。

整个敬老院里,几乎每个老人都表示要和小翠拍一段,所以小周的录像整整拍了一天。当晚,小翠依依不舍地离开老人们,和丈夫一起踏上了返乡的路,小周则扛着摄像机赶回部里剪辑整理。

小周怕小翠刚走,老人们会特别伤感,所以第二天特地带着制作好的光盘再次赶回敬老院,用院里特意新买的影碟机,把光盘给老人们放了一遍。

播放现场的气氛非常活跃,老人们看着屏幕上自己和小翠在一起的镜头,一个个高兴得直嚷嚷:"快看!这是我,这是我!"但细心的小周却发现,现场有一个老人,两只眼睛一直盯着电视屏幕发呆,直到录像放完了,还坐在那里不走。小周觉得奇怪,走近一看,这不就是那个住011号房间和小翠吵架的老头吗?于是问他:"大爷,您看我这么拍还行吗?"

老人疑惑地看着小周,反问道:"你都放完了?"

小周点点头说:"是啊!"

老人拼命摇头:"不对,不对,你昨天拍的肯定比这放的要多!"

小周笑了,解释说:"我们制作光盘,不能把拍的东西全部都放上去,该去掉的还是得去掉啊!比如昨天小翠在你房间里摔烟盒的镜头,如果放上去就不合适了。"

没想到,老人一听这话,脸色就变了:"你就不能补……补上去?"

小周一听,简直觉得不可思议:"大爷,吵架的镜头怎么能放进去呢?我当时根本就没拍……"

"你说啥?没拍?"老人瞪大了眼睛,身子突然抽搐起来,"轰"的一声就倒在了地上。

院长和医务人员闻讯立刻赶了过来。经过一番救护,老人总算恢复了知觉,院长问清了事情的缘由,摇头叹息着,对小周说:"年轻人啊,你可惹下大麻烦啦!"他来不及给小周解释,只是指挥工作人员小心翼翼地把老人送回房间,然后就回办公室拨通了小翠老家的电话……

小周不知道自己究竟闯了什么祸,但看院长忙忙碌碌的样子,又不好意思追着问,只好暂时离开了敬老院。可他心里实在放不下心来,也不知道老人后来身体怎么样,所以第三天一早,就又赶了过去。

刚踏进011号房间,小周就看到院长已经在那里了,并且正趁老人不注意的时候,把一盒香烟塞在他的枕头下面。小周觉得非常奇怪,这时候,只见院长凑进老人耳边,大声说:"小翠听说你病了,连夜从老家看你来了!"

老人原先眼睛是闭着的,经院长这么一说,立刻睁开了,眼睛里还闪出亮亮的光。老人惊喜地问:"这个死妮子,她在哪儿?"

说话间,小翠不知从哪里钻了出来,沉着脸走到老人床边,从他枕头下摸出刚才院长悄悄塞进去的那盒烟,猛地扔到地上,恶狠狠地骂道:"你这个死老头子,到死都没有耳性!"

老人本来还是病恹恹的样子,却突然不知哪来的力气,毫不示弱地回了一句:"死妮子,你想气死我啊!"说这话的时候,老人的脸上没有一点怒色,反而从眼角流出两行泪水。

直到这个时候,院长才把小周叫出房间外,给他说了事情的来龙去脉。

原来老人很早就失去了妻子,一直和女儿相依为命,女儿对老人很照顾,就是脾气横,说话重。老人有严重的气管炎,女儿强行让他戒烟,可老人烟瘾一上来就忍不住,自己偷偷买了烟来藏在枕头底下,每回被女儿发现,女儿就对老人大发脾气,把烟扔了不算,还总爱说上一句:"你这个死老头子,真没耳性!"老人呢,也总爱故作生气地还她一句:"死妮子,我吸烟吸不死,非叫你把我气死!"父女俩就是这样在互相说闹中过着安详幸福的生活。可没想到,两年前的一场车祸,无情地夺去了女儿的生命,老人被送进了敬老院。

在敬老院里,老人的生活虽然有了保障,可他一直没能从失去女儿的阴影中走出来,总是一个人郁郁寡欢。有一天,老人瞒着院里的管理员,吸了几口自己偷偷买来的烟,忍不住大声咳嗽起来,咳得几乎透不过气来。这天,正好是小翠到院里上岗的第一天,小翠的父亲就是因为吸烟过度而得肺气肿去世的,所以小翠一看到老人这样子,就自然想起了自己的父亲,不由自主地就像对父亲那样,把老人的烟盒狠狠扔到地上,责怪道:"你这个死老头子,不想活了?"她掏出手绢,仔细地把老人嘴边的痰迹擦干净。

　　正是小翠这一连串的动作,竟让老人突然找到了和女儿在一起的感觉,于是老人就要求院长一定要小翠为自己服务。而且他从此隔三差五地就去院里的小卖部买香烟,放在自己的枕头底下,还故意让小翠看到,让她像女儿一样地责骂自己。对老人来说,他觉得这是一种天伦之乐。

　　院长知道了这个秘密之后,很为老人的这份心思感慨,他让小翠把"没收"了的老人的烟拿到自己这里,把烟钱替老人存起来。所以昨天看到老人这个样子,院长知道,唯一能缓解老人病情的办法,就是把小翠从老家叫回来。院里为此还作了一个决定,以优厚的工资待遇,留小翠继续在院里工作,并且替小翠的丈夫在院里安排一份勤杂工的活儿。

　　小周被院长的这番介绍深深地震撼了,尤其是院长最后的一句话,给他留下了深刻的印象。院长是这样说的:"对于那些孤寡老人来说,他们最需要的并不是客客气气的服务,而是像小翠这样实实在在的真情!"

（胡忠军）

（**题图**:魏忠善）

大 千 社 会

在望远镜无能为力的地方,显微镜开始起作用。究竟哪一种镜子的视野较为广阔呢? 你去选择吧。

偷着过年

有人说过年是自个儿的事,有人讲年是为别人过的。公说公有理,婆说婆有理,谁说的都对,反正,年来了,不过也得过。

刘富官是前年升的官,按理说官也不算大,充其量也就是个股级干部。可话又说回来了,这官不在大,有权则灵,刘富官当的是城里税务所的所长,那些求办事的,就算不去巴结当市长的,也不能不巴结他刘富官呀!

刘富官没干所长以前,年过得还算清静,就是偶尔有次宴请,稍稍推托也就过去了,大年夜的团圆饭总是吃得有滋有味的。现在可不同了,年关期间总得要到领导家里走动走动,碰上热心的上司,不喝两杯说啥也不放你走;有些领导在饭店请人吃饭,打个电话要他去,刘富官明知是要他"买单",有时借故推辞,有时也不得不去；回到家里，胃里的酒精还没有吐出来，朋友的电话又一个接一个像催命似的，弄得他左右为难，最后还得勉强上阵，年前节后都是晕乎乎的。前年正月十五，有位厂长死乞白赖请他去吃饭，刘富官觉得盛情难却，捂着肚子上了酒桌，就是那一次，他喝得吐了血，整整打了半个多月的"点滴"。

今年过年之前，刘富官心里便打起了小算盘：我不要别人请，我也不忍心用国家的钱请别人，何况这酒再喝下去，万一再闹出个胃出血，搭上条命可就啥都没有了。

刘富官那几天上班下班都在琢磨这件事，最后还是在中学教书的老婆给他出了个主意："三十六计，走为上计。你早一点告诉他们，今年咱们回老家过年，问题不就解决了吗？"

刘富官一听大喜，这样既表明自己情系故乡，不忘根本，又不得罪人，真是一举两得。于是，刘富官忙活开了，守着个电话机三天没挪窝儿，分别给领导、同事和朋友拜了个早年。

随后，刘富官便和老婆躲进老婆单位的一间单身宿舍里不再露面，准备舒舒服服地过一个属于自己的年。

腊月二十八，宿舍里的灯泡坏了，又没有备用的，大过年的，总不能黑灯瞎火的吧？刘富官寻思着总该出门去买，他特意戴了副墨镜，以防被熟人认出来，就跟电影里的地下工作者似的。

不料刘富官刚刚走进商场，就和分局的马局长、司机小王狭路相逢。小王眼尖："刘所长，你也来办年货呀！"

小王这一喊不要紧，刘富官立马惊出了一身冷汗：这还了得，三天前自己刚给马局长拜过早年，说要回老家探望父亲，现在又突然出现在局长面前，这不是瞒上欺下、装神弄鬼吗？好在商场里人多，刘富官头一低，装作没听见，很快就消失在人群里了。

小王疑惑不解："马局长，你看刚才那个人跟刘所长多像，不然我怎么会认错人呢？"

　　马局长摇了摇头,沉思了好久,没有开口。

　　那天刘富官匆匆忙忙地买了灯泡,便像做贼似的往家赶,生怕再让熟人给逮着。

　　从此,刘富官躲在老婆单位不敢出门,好不容易挨到大年初三,老婆嚷着要到娘家去给父母拜个年,刘富官揣测领导、朋友没准都在酒场上,便稀里糊涂地答应了。可是刚走出大门不远,刘富官就有些后悔了,想转身回去,可老婆不愿意,于是只得硬着头皮往前走。

　　说来也巧,刘富官和老婆刚刚走到一家商场的大门口,便看见所里周副所长的爱人正朝他们走来,刘富官一向沉着、干练,可这回却沉不住气了,扔下老婆,心慌意乱地钻进了大楼……

　　周副所长的爱人其实已经看到了刘富官,只是没看清他的脸罢了,她满腹狐疑,一边伸头探脑地朝商场大楼瞧,一边问迎面而来的刘富官的老婆:"嫂子,你和谁来逛商场呀,不是刘所长吧?"

　　"噢,是我表兄,富官回老家去了,说是过几天就回来。"

　　"那我就不打扰了。"

　　刘富官的老婆在商场找了几圈也没找到老公,其实刘富官已经从另外一个出口溜回家了。

　　正月十六是上班的第一天,刘富官刚上大街,就遇到了马局长的司机小王,小王怪模怪样地笑了笑,猛地拍了拍刘富官的肩膀:"刘所长,年前我碰到一个人,长得跟你像极了,差点让我认错人了呢!"

　　刘富官听了一怔,应答得还算机智:"是吗? 如果我是领袖,他倒可以当我的特型演员了!"

　　和小王分了手,刘富官刚走进税务所,周副所长便神秘兮兮地将他拉进了办公室:"老刘啊,咱们是铁哥们对不对? 有件事我不能不对你说:春节你不在家,嫂子大年初三和一个什么表哥逛商店,你回去问问,看看到底是怎么回事。"

刘富官的眉头皱了一下,话到嘴边又咽回去了。

不久,周围便有风言风语传出,说什么刘富官找到了失散多年的孪生兄弟,又说刘富官的妻子有了外遇,有人亲眼看到他们躲在公园的一棵柳树下亲嘴呢,说得有鼻子有眼的。

刘富官懵了,他哭笑不得,真想狠狠地给自己一巴掌……

故事讲到这里还不算结束:今年春天,一纸免职通知悄然而至:刘富官被免去了所长职务,据说这是马局长内定的……

（潘文军）

（**题图:魏忠善**）

海鲜城里的故事

省里开脱贫会议，全省最穷的佐佑乡何乡长和他的老同学、省企管局的季局长在会上见了面。会后，季局长硬把何乡长拉到城里最大的"梦娜海鲜城"，说是叫他开开眼界。

季局长要了一个 KTV 包房，点了一桌子的山珍海味，得意地对何乡长说："别在意，反正是公款报销，尽兴吃。"吃饱喝足后，季局长说是出去一下，再返回时，就带来两个花枝招展的小姐。季局长对何乡长说："刚才是尽兴吃，接下去就尽兴玩。你放心，一切费用我包了。"说完，他朝何乡长扮了一个鬼脸，随后搂着其中一个小姐就出去了。

何乡长还是第一回见这样的场面，他看着站在面前的这个小姐，一身半透明的低胸短裙，不觉有点慌了手脚。

那小姐朝何乡长甜甜一笑,在他身边坐了下来。她拉起何乡长的手,轻轻按在自己胸前,随后又抽出另一只手,给何乡长满满倒了一杯酒。随后先是自己轻轻抿了一口,接着又把它送到何乡长嘴边:"你喝嘛,喝嘛,我敬你一杯!"小姐的普通话里带着浓浓的乡音,何乡长一听就觉着耳熟,再细看,小姐胸前还戴着一个榆木雕就的小牌牌。

"你是佐佑乡的?"何乡长一惊,因为当地姑娘都戴这种榆木小牌,称它为"祈福锁",而且上面还刻个"去"字,祈求穷快去,富快来。

"你……"小姐愣住了。

"我也是佐佑乡的呀!"何乡长这才明白为啥小姐那普通话听着耳熟了,原来她是佐佑乡的外流人员呀!

碰上了故乡人,小姐便有些害羞,可何乡长却觉着与小姐没了距离,猛一口喝下了小姐递过来的酒,嘴里的话就多了起来:"咱们能在省城相遇,这是缘分啊!"

何乡长问小姐家里有什么人。小姐说,家里有两个光棍哥哥、父亲和一个病瘫在炕上的母亲。家乡实在太穷,自己没什么本事,出来后只好先在这里做。小姐说她只想挣钱给母亲治病,给两个光棍哥哥挣回娶媳妇的彩礼,自己在这里受点委屈也认了。

听着小姐的诉说,何乡长不免动了恻隐之心,他一把搂过小姐,说:"你把你那两个光棍哥哥的名字告诉我,回去以后我给他们找点事做。"

没想到小姐一听就笑着朝他撇嘴:"你们男人都会用这话糊弄人!"

何乡长说:"不骗你,我真有这本事,我可以把你哥哥弄到乡里来做事。"

小姐不信:"你吹牛!"

何乡长急了，"啪"把口袋里的工作证掏了出来，"不瞒你说，我就是佐佑乡的乡长！"

小姐读过小学，识字的，一看小本本，"噌"地从何乡长的怀里挣了出来，突然变得躲躲闪闪起来。而何乡长因为今晚喝了太多的酒，此刻已经按捺不住了，他扑上去要和小姐亲热，却遭到了小姐的强烈反抗。

何乡长弄不懂了，问她："咋不行了？"

小姐说："你是乡长。"

何乡长不明白："乡长又咋的啦？"

小姐摇摇头："就因为你是乡长。"

何乡长嗓门大了："乡长也是人，乡长咋就不行了呢？"

小姐猛地哭着喊道："我不能害你，不能害了你呀，就因为你是乡长，咱们乡还等着你去摘穷帽子呢！"

何乡长一下怔住了，半天说不出话来。

（王东生）

（**题图**：魏忠善）

和警花较劲儿

　　有个小伙子叫牛彪,最爱开高速车,说只有这样才能找到开车的感觉。这天他回家时,看路上车不多,马路中间又没有警察,就一踩油门,让自己的爱车像"阿波罗号"飞船似的飞了起来。那酷那爽,真是美极了。

　　突然,从斜刺里闪出一个警察,对着牛彪做了一个停车检查的手势。牛彪一愣,心说:今天撞上鬼了,这一段路平时从来没有警察啊。可鬼也好,人也好,他只得停车,耷拉着脑袋下了车。他的大脑急速飞转起来,在憋主意,想歪点子,以便逃脱挨罚这一关。

　　那警察冲牛彪一个敬礼,甜甜地说:"请您出示驾驶证!"

　　牛彪又是一愣,抬头一看,乐了,脱口就说:"哟,是个妹妹!"

那警花的脸微微红了一下，说："请您严肃点！请问，您刚才的车速是多少公里？"

牛彪搔搔头，说："63吧？"

警花亮出一个手持雷达测速器："92！对不起，要扣5分，罚200块！"

"哎，别别别——"牛彪急了，说，"我老姑就在你们交警队，不看僧面看佛面，您就把我当个屁放了吧！"

警花又看了看牛彪的驾驶证，眉头一皱，说："年龄不大，倒挺会走关系的。您老姑？脱口就来啊。"

牛彪说："警察同志，真的，我老姑叫阚丽。"

警花一摇头："不认识。就是认识，该罚您也得罚您。情是情，理是理，您应该明白吧？"

就这样，牛彪栽在了一个警花的手上，白白地损失了200块钱，这能买多少瓶"二锅头"啊。牛彪想：君子报仇三年不晚，我不出这口气就不姓牛！

这天，牛彪远远地就瞅准了是那个警花一人在路上值勤，于是边开车边掏出一瓶"二锅头"，往嘴里灌了一口，然后"啪"地吐了，还往身上洒了点，随后他就把车开得摇来晃去像是在画龙。果不其然，那警花一看，立即往马路中间跨了一步，示意牛彪停车。

警花一看又是牛彪，眉头皱了一下，说："怎么又是您？"

牛彪装成喝醉了似的，问："警察同志，我、我又犯了哪一条啦？"

那警花闻到了浓浓的酒味，边往后闪边说："您喝酒了？"

"没、没喝。"

警花拿出一个测酒器，伸到牛彪嘴边，说："吹气！"

牛彪就鼓起腮帮子狠狠地吹了一口，那测酒器的绿灯亮了，红灯也亮了。

警花一看，生气地说："还嘴硬呢，看，酒精含量是107，是醉酒驾车。这车你不能再开了，不仅是现在，而且是一辈子。"

牛彪一梗脖子，说："我就是没喝，你这是陷害我。你叫什么名字？我要告你！"

警花不急也不恼，指指自己胸前的警牌，说："我是00519号，欢迎监督我的工作。"她边说边将牛彪的驾驶证在手持电脑上刷了卡，然后开了罚单，说："这回你得交2000块钱罚款了，这驾驶证也得没收。"

牛彪哪里肯依，坚持自己没喝酒。

警花说："你要是不信的话，那咱们就去医院抽血化验。"

牛彪眼一瞪："去就去，谁怕谁呀。"

到了医院，一抽一验，牛彪的血里一点酒精也没有。那警花就傻了，摆弄着那测酒器一个劲地琢磨。

牛彪在一边偷着乐，心说：我牛彪是谁？想和你哥哥我斗法，就你这小黄毛丫头，太嫩了点吧？

那警花就向牛彪赔礼，道一声："对不起。"牛彪呢，一概不理，第二天就行政诉讼，一纸状子将警花告了。结果是明摆着的，牛彪胜诉了。

从那以后好多天，再也看不到那个警花了，牛彪为自己的足智多谋自豪不已，他又开上了快车，边开边哼哼："我是牛彪我怕谁……"

这天夜里，天热，牛彪心烦，睡不着，就开车出来，满大街地兜风。在一个大排档摊前，他灌了一瓶啤酒，吃了一碗馄饨，这才有了睡意，就想回家睡觉。

可他的车刚拐过一个街口，就从后视镜里看见有一辆摩托警车跟了上来。那警车超过他的车后"嘎"地停了下来，警察走到牛彪面前一摘头盔，牛彪的脑袋"嗡"地就大了。怎么呢？这警察不是别人，就是那个00519号警花。

牛彪知道今天这警花是来者不善,善者不来,自己就先软了,一口一个"姐姐"。

可那警花像是没听到,问:"你喝酒了?"

牛彪还嘴硬:"没有,我保证。"

那警花也不再说什么,将测酒器拿了出来,伸到牛彪的嘴前,迸出一个字:"吹!"

牛彪没辙,只好就范。

警花看了一眼,说:"93,是现在就接受处罚呢,还是先上医院测试?"

牛彪干瞪着牛眼说不出话来。

那警花看牛彪不说话,就开罚单。

就在这时,她一不留意,手表"啪"地掉地上了。这要是平时,牛彪早就嚷嚷开了,可现在牛彪成心要报复她,看她背着身没察觉,就弯下腰,装作系鞋带,悄悄地将她的手表揣了起来,心说:待会你发觉了问我要的话,就得放我一马。可警花却什么也没有察觉,牛彪不由有点懊悔,自己像是捡了个烫山芋,扔扔不得,吃又吃不得。

牛彪不牛了。他的驾驶本被吊扣三个月,罚了2000块钱,还进学习班待了一个礼拜。那块手表呢,牛彪拿回家细细一看,吃了一惊,呦,还是进口的,他就感到像是做了一回贼,心"怦怦"地跳。他琢磨来琢磨去也不敢当面交还,便用特快专递写明"00519号"给警花送了去。

牛彪不开车,他老爸老妈倒乐了,紧着到处给他张罗对象。也是的,牛彪快满三十了,却连个女朋友也没有。可牛彪挺烦他们给他瞎操心。这天,牛彪回到家,一看,自己床上又有张女孩子的照片,知道又是老爸老妈干的,心里就来气,拿起来就要扔,可扫了一眼却舍不得了。怎么呢?那女孩儿长得太吸引人了,一双眼睛就像是秋天里成熟的葡萄,水汪汪的总对着牛彪笑,笑得牛彪心里痒痒的。

牛彪忍不住了，急着问他妈："谁的照片落我床上了？"

他妈故意不当回事地说："还不是人家给你介绍的对象。不行就还回去，别耽误了人家。"

牛彪吞吞吐吐地说："反正我待……待着也是待着……"

这话的意思他妈还听不明白吗，于是第二天就让牛彪跟她去相亲。

见面的地点是"喜迎春"饭店。姑娘是自己来的，一见面，牛彪就喜欢上了，那姑娘比照片还美。牛彪先自我介绍，然后问姑娘是干什么的。

姑娘抿嘴一笑，说："我是个交通警察……"

什么，她也是警花？牛彪"腾"地蹿了起来。

他妈直埋怨："彪子，干什么哪？"

那姑娘倒是沉得住气，说："牛哥，干吗那么怕警察啊？我们又不是母老虎，不吃人的。"

牛彪为自己的失态感到不好意思，喃喃地问："你们那儿有个 00519 号，认识吗？"

姑娘笑了，说："要没有她，咱俩还不认识呢。"

"什么，她——"

牛彪他妈说了："什么她她她的，她是你老姑。"

正说着，门帘一挑，闪进一个人来。这人不是别人，正是 00519 号警花。

00519，不，应该说是牛彪的老姑阚丽，只见她走到牛彪面前，"啪"地将一个大信封拍到桌上，说："幸亏你把这手表邮回来了，要不，我就得找我嫂子，哦，也就是你妈要去。"

牛彪自言自语："这手表……"

阚丽说："你以为我是丢了？门儿都没有。你妈让我帮你介绍对象，我才特意考验你的，傻小子。"

牛彪就不服,心说:你才多大呀,就"小子、小子"地叫我。

阚丽似乎看出牛彪的心思,"嘿嘿"一笑,问牛彪:"以后还遵不遵守交通法规了?"

牛彪的头就像鸡啄米似的,一个劲儿地点。

阚丽忍住笑,故作严肃地说:"叫我!"

牛彪便脸红红地,叫了一声:"老姑!"

"不行,大点声!"

牛彪顿了顿,只好硬着头皮扯开嗓子喊道:"老——姑!"

喊声还没落地,"呼拉拉"跑进来好几个人,急急地问:"怎么啦,发生什么事儿啦?"

阚丽就笑,牛彪也笑,大伙笑成一锅粥了。

（范大宇）

（题图:箭　中）

恼人的短信

现在的手机短信真是五花八门，啥样都有，一条好的短信，不仅娱乐了自己，也娱乐了大家；但一条烦人的短信，却也能让人苦恼不已。小伙子亚三平时就特别爱用短信捉弄别人，可最近，他自己却被短信折腾得不轻！

这天晚上十点多，亚三刚进入梦乡，突然床头的手机"滴滴"作响。谁这么晚了还发短信？亚三翻了个身，不去理会，可手机却一直响个不停。

会不会有什么急事？亚三揉了揉眼睛，打开床头灯，拿起手机一看，只见上面显示：姿势不对，起来重睡！

哪个家伙故意整我？亚三气得差点跳起来，可对方的这个号码很陌生，他想不出是谁，再想想或许是发错了。亚三骂了声

"无聊",关了灯接着睡觉。

可是,任凭亚三在床上换遍了姿势,也无法再睡着。于是他只好起来抓了根香烟,大口大口地吸,边吸心里边咒骂刚才那个无聊的短信,把他的睡意都吓跑了。

他正在吞云吐雾的时候,手机又响了,这次短消息的内容让亚三觉得有点莫名其妙:请不要在床上吸烟,否则落地的灰烬可能是你自己。

显然,这两个短消息不是发错,是故意冲着他来的。可奇怪的是,那个人怎么知道自己现在在抽烟?亚三立刻按照这个发来的短信号码拨过去,想发泄一通,可铃声响了好久,没人接。

亚三猜想对方会不会也是个男人?可能也经常失眠,一失眠就抽烟,失眠多了,神经就不正常,所以就胡乱发短信捉弄别人,看谁倒霉陪他一起失眠……想到这里,亚三干脆把手机关了,心想:哼,看你怎么再作弄我!

亚三又躺下睡觉了,可翻来覆去就是睡不着,只好又爬起来,拿了本书翻来看。可看了几页,一点也看不进去,脑子里全是刚才手机收到的那两条短消息。亚三突然想:现在对方在干什么呢?会不会继续给自己发短信?他忍不住重新打开手机。一看,果然有一条新短信在等他了:睡不着吧,起来看书为什么要关机?怕我了?哈哈哈!

亚三火冒三丈,那"怕我了"三个字让亚三很吃不消。怕你?我亚三会怕你?好,我陪你玩,看咱们谁玩得过谁。

亚三从床上跳下来,冲到电视机前,打开电视,手指在遥控器上按来按去,却没找到一个好节目。正准备关掉,这时,手机响了,亚三一看:今天不是周末,没有球赛陪你疯,而且很多频道都休息了,你还是关掉电视吧!

亚三愣住了,难不成对方是神仙?他陷入了沉思:也许这个人正是抓住了一般人的心理,睡不着时肯定会起来看书或者看电视什么的,正好被他猜中了? 下一步我该怎么办呢? 忽然,亚三眼前一亮:对了,来杯酒,看你这次怎么猜?

可谁知亚三刚抓起酒杯,短信就来了:喝酒可以,但千万不要贪杯呵!

"你到底是人是鬼?"亚三不由嘀咕了一句,放下酒杯,走到阳台上,只见外面漆黑一片,冷风一阵阵吹来,他不由打了个寒噤,想赶紧退回房间。可前脚还没退进门呢,手机铃声"滴滴"又响了,短信伴着冷风一起来:七月十五马上要到了,当心闹鬼,在外头可要小心噢,还是回屋吧!

这人到底是谁呢? 怎么我做的每一件事都逃不过他的眼睛? 亚三心里有点慌,连忙折回房间。他想放点音乐给自己壮壮胆,刚走到音响前,手机铃声告诉他,短信又跟过来了:邻居都睡熟了,别让他们在"夜半歌声"中惊恐地醒来!

天啊,简直太不可思议了! 亚三毛骨悚然地想到了一样东西:针孔摄像头。

一提到针孔摄像头,亚三不由想起不久前发生的一件事。这天,亚三闲得无聊,拿起手机给一位女同事发了这么一条短信:目前针孔摄像头日渐泛滥,为了保证你的私密处不被别人偷窥,请以后着装洗澡,大小便不要脱内裤,切记,切记! 这种短信要是发给别人,看了笑几声也就罢了,根本不会放在心上,可那个女同事偏偏有点神经兮兮,看了短信后,把家里翻了个遍,好多天睡不着觉。亚三知道后实在不忍心,就主动去向她道出实情,让那位女同事的生活恢复了正常。难道我的房间里真被人安装了这玩意儿? 想到这,亚三坐不住了,开始疯狂地在房间的各个角落进行全面的搜索。

整整花了将近两个小时,亚三差不多把屋子翻了个底,最后累得瘫倒在沙发上,可是什么收获也没有。这时候,幽灵般的短信又来了:别找啦,我可没在你房间里装什么摄像头! 亚三气得

"腾"地从沙发上跳起来,想不到自己平时喜欢捉弄人,现在轮到被别人来捉弄了。再看下去,这条短信很长,后面还有话:这一次,我希望你得到的教训是深刻的,短信不是拿来捉弄人的,它的正确用途是:出门在外,发条短信,向家人报个平安;升官发达,发条短信,向亲戚好友报个喜;遇上解决不了的事,发条短信,告诉朋友家人,让大家帮你一起分担! 好了,折腾了一整夜,天也亮了,你该上班了。

亚三抬头往窗外一看,天真的已经亮了,他连忙换了衣服,拿着公文包去上班。在办公室门口,他碰上了他曾经捉弄过的那位女同事,亚三很尴尬,想想自己昨夜的遭遇,真想上去好好给她道个歉。可那位女同事却一改往日看到他就怒目而视的样子,微笑地朝他点点头。

亚三刚进办公室,还没落座哩,他的手机就跟着响了,亚三打开一看,上面写着:振作起来吧,祝你以后百事可乐,万事芬达,心情雪碧,工作红牛,生活鲜橙多,天天娃哈哈,月月乐百事,年年高乐高,永远都醒目! 还有,晚上记得拉窗帘,不然,一个小型望远镜就能把你看得清清楚楚!

亚三恍然大悟,自己怎么忘了,被他捉弄过的那个女同事,就住在他家对面楼里啊!

(王学良)

(题图:魏忠善)

陶玉山的愤怒

　　这天,一辆警车开到了城东的一个豪华小区,此刻,警察将要在这里实施一次异乎寻常的行动!

　　事情是这样的:有个小孩叫陶玉山,老家在农村,父亲是个不可救药的酒鬼,两年前的一天,他为了弄几个酒钱,竟然抱着三岁的儿子来到城里,说是要送人,其实是要卖几个钱。那天恰好有一对夫妻遇见了陶玉山父子,男的叫许崇久,女的叫唐霞,两口子开着个广告公司,有自己的汽车、洋房,家里雇着保姆,是个非常富足的人家。过去他们一直忙事业,顾不上要孩子,等事业有成想要孩子了,两人都已年过四十,好久没有怀上孩子。这天,夫妻俩看到了三岁的陶玉山,立刻就喜欢上了,陶玉山的父亲自然也没说自己是孩子的爸,只是说孩子是个孤儿,要寻个人家养活,于是许崇久夫妇就把孩子收养了下来,当然,他们给了陶玉山的父亲一笔钱。也算是报应吧,陶玉山的父亲用卖儿子的钱买酒喝,酒后下河冲凉,给淹死了。

许崇久夫妇中年得子,夫妻俩如获至宝,将所有的疼爱都倾注到了这个儿子身上,真是含在嘴里怕化了,捧在手里怕碎了。不料两年后,陶玉山的生母吕静芳得知了儿子的下落,她向警方报了案。警察原本以为是人贩子作的案,后来一调查,不是这么回事,于是就做许崇久夫妇的工作,让他们把陶玉山还给亲生母亲。许崇久夫妇哪里舍得呀,说啥也不答应,警察说,孩子是吕静芳的呀,不还不行。就这样,今天警察带着陶玉山的生母吕静芳来领儿子了!

警察进了许家,许崇久和唐霞早哭成了泪人,他们说,倘若当初知道陶玉山不是孤儿,他们是决不会收养的,他们和吕静芳商议,愿做陶玉山的干爹干娘,为他在市里提供优越的生活、学习条件,等他们百年之后,所有的遗产都由陶玉山继承,他们甚至愿意现在就立下遗嘱。假如吕静芳愿意过来的话,他们还可以在市里给她买房,并提供就业;愿意回去,什么时候想来看儿子,他们提供路费食宿;孩子以后上学了,只要逢年过节放假,都会把他送回到亲妈那里去……

但是,吕静芳怎么可能答应?她曾几次在寻找儿子的路途上昏死过去,现在,她只想把儿子紧紧搂在怀里,再也不撒手!

警察见双方协商没有结果,只能强制执行了,他们护送吕静芳抱着陶玉山上了回家的吉普车。陶玉山虽然只有五岁,可他也看明白了一些,他这时的心情不好受啊,两年了,他早把亲生母亲给忘了,而和养父母情深意笃,现在,一个陌生的乡下女人突然要抱着自己走,小家伙恐惧到了极点,他拼命哭嚎着,喊着:"我要妈妈……我要爸爸……妈妈救我,爸爸救我呀……"

唐霞挣脱开警察,扑到了吉普车的前盖上,撕心裂肺地哭喊着："求求你们了,不要带走我的儿子啊……"许崇久攥着吉普车的车门,用男人的大嗓门对来掰他手的警察哭嚷着："不许带走我的儿子! 谁带走我的儿子,我就和他拼了!"

陶玉山在车内母亲的怀中更是挣扎着、哭叫着,车上、车下哭声响成了一片,但吉普车还是开走了。唐霞和许崇久一边哭喊一边追赶着汽车,一次次地跌倒在坚硬的路面上……

一个多月后的一天,陶玉山老家的小村里,突然来了两位憔悴不堪的不速之客,他们正是许崇久和唐霞夫妻俩,也不知他们是怎么打听着找来的。他们找到了吕静芳的院门,吕静芳闻声走了出来,见了两人大怒,她堵着院子门,把许崇久、唐霞硬塞给她的小孩衣服、点心等礼物猛扔了出去,破口大骂："你们害了我,害了孩子,还不够吗? 这一个月里,孩子刚和我有了点感情,不再哭着吵着找你们,你们就又来害人了? 再敢来,打断你们的狗腿!"

唐霞苦苦地哀求道："大姐,我们大老远的来,没什么别的目的,只求您让我们看一眼孩子,您把他抱出来,我们躲着偷偷看上一眼,我们就走! 另外,我们还给您带来了5000块钱……"

"收起你们的臭钱!"吕静芳横眉怒目,怒气冲冲地嚷道,"你们走不走? 再不走,我可喊人赶你们了!"

唐霞和许崇久只得捡起扔了满地的礼物,一步三回头,哭哭啼啼地往村外走。

也就在这时,村头上,一个妇女一直尾随着他们。这妇女叫冯映月,她跟了一段路,忽然走上前去,拦住了许崇久夫妇俩,笑容可掬地说道："大哥,大姐,这大老远的来了,进我屋喝口水,休息休息!"说着,她就硬把他们往一旁的院子里让。

许崇久夫妇确实累了,于是就跟着冯映月进了她家院子,一看,院子里有好几个孩子在玩耍。冯映月把客人请进内屋,给他们泡上茶,接着她一下给客人跪下了,这倒把许崇久夫妇吓了一跳,忙搀扶起她,连声说道:"这是怎么回事?您快起来!"

冯映月哽咽着说:"大哥,大姐,你们的事,我都听吕静芳讲了,那个女人,真是天下第一傻女人啊!你们也看到我家了,整个家当值不了千把块钱,孩子生下来日子更艰难啊,更甭提以后受教育什么的了!"

许崇久夫妇听了连连点头叹息,冯映月又说:"大哥,大姐,我知道你们是真爱孩子,我过世的男人也姓许,我们生了两个儿子,小的那个叫许家驹,今年四岁多了,你们要是不嫌弃,把我小儿子领养了吧,只要孩子有吃有穿,日后有个好前程,我就是一辈子见不了他,也心甘情愿的!"

说着,冯映月就从外面院子的孩子堆里抱来了一个小子。这小子一瞧就是个机灵鬼,而且一点不认生,两眼直勾勾地盯着唐霞搁在桌上的点心匣子。唐霞马上拆开匣子给他拿点心,逗他说:"过来让阿姨抱,阿姨就给你点心吃!"孩子立即张开小手扑进唐霞怀里,还伶牙俐齿地说道:"阿姨,家驹要吃点心!"许崇久问他:"家驹,你去叔叔、阿姨家,叫你天天吃点心,你愿意去吗?"小家伙痛快地说道:"愿意!咱们是坐大火车,'呜呜'去吗?""对,是坐'呜呜'去!"唐霞乐得笑逐颜开,她和丈夫都一下子喜欢上了这个聪明伶俐的小伢子。

夫妻俩当即决定收养这个孩子,当天晚上,他们在冯映月的家里将就着过了一夜,第二天早晨抱着许家驹就动身了。小家伙竟然不哭不闹,反而喜不自胜,冲妈妈摇着小手说:"妈妈,过年了我就回来看你,坐'呜呜'回来,给你带点心吃!"

这桩事轰动了整个小村,特别是吕静芳,她抱着陶玉山到处和人讲:"唉,你说那个冯映月,她还是个人吗?居然把自己亲生的儿子送人!"然后她亲着陶玉山的小脸蛋,炫耀地说道:"玉山乖儿子,妈妈可不卖孩子,金窝银窝不如自己的狗窝,妈妈就是穷死也要自己养着你!"乡亲们对吕静芳的亲子之情十分赞佩,对冯映月则是嗤之以鼻。

但几个月后，到了春节，事情却起了变化：许崇久夫妇带着许家驹来亲妈家过年了，许家驹被打扮得像个洋娃娃，穿着毛皮大衣、牛仔裤、高筒子毛皮鞋，还学会了几句洋文，什么"嘻死"、"闹"、"狗头白"的。这里家家养羊，许崇久还花了上万元选购了一公两母三只纯种的小尾寒羊，送给冯映月。年三十晚上尤其热闹：这里一般人家过年最多买几挂鞭，腊月二十三和年三十各放一挂，初一早晨放一挂，正月十五放一挂，可许崇久他们却买了几千块钱的各式烟花爆竹，什么钻天猴、二踢脚、大雷子、彩珠筒、冲天炮……吸引了全村人扶老携幼地前来观赏，足足一个钟头才放完。吕静芳抱着儿子也在人丛里，可看了一会，她就不顾儿子的哭闹反对回了家。到了家里，她看着陶玉山皲裂的小手，鼻孔下挂着的两道鼻涕，脏兮兮的脖子，再想想洋娃娃似的许家驹，她的心里涩涩的不是滋味。

在新的一年里，靠着那头小尾寒羊种的公羊给别人家的羊配种，再加上改良自己的羊群，冯映月家的日子渐渐好了起来，到夏天就翻新了房子，还自费在院子里打了口甜水井，入冬后，连彩电也搬进了家，还买了罐液化气，有点急事时做饭不用烧柴禾，下个面条烧个开水的，别提多方便了。冯映月家的日子越好过，吕静芳的火气就越大。

又一个春节的时候，许崇久夫妇开着自己的车带着许家驹来过年，许崇久刚装修了新房子，他就雇了辆槽子车，把自家淘汰的冰箱、席梦思床、沙发、立柜之类的家电、家具，全拉来送给冯映月。吕静芳见了心里酸溜溜的，而且这"酸溜溜"的日子一过就是十多年……

这年，陶玉山初中毕业，什么也考不上，在家放羊种地。他粗手粗脚，沉默寡言，似乎总是在思考着什么，又似乎什么也没琢磨，只是沉溺在无边的茫然里。因为他一天也说不了三句话，村里人都觉得他智商有问题,拿他当半傻看待。他知道自己的身世,家里的日子虽然有了些起色,不过和冯映月家就没法比了,人家早就扒了旧房,在宅基地上盖起了两层小楼,而自己还住在破旧的老宅子里。

这天中午,冯映月家请客,在院子里摆了十几桌酒席,全村每一户都受到了邀请,连吕静芳家也请了,吕静芳当然不愿去,她要儿子也别去,但陶玉山还是去了。

下午三点多,喝得踉踉跄跄的陶玉山回家来了,他一进门,就开始打包收拾自己的衣物。吕静芳大吃一惊,追着问:"儿啊,玉山,你要干什么?"

陶玉山冲母亲艰难地笑了笑,说:"妈,许家驹今年初中毕业,要去英国上学了,我见到他了,打扮得像个小少爷,油光粉面的。"他突然提高了嗓门,激动地说,"妈,那个人,本来应该是我呀!"

儿子今天破天荒一下子说出这么多话来,说的却是这番话,吕静芳禁不住伤心地哭了,她说:"玉山,妈妈不愿意把你送掉,这有什么错?"

陶玉山无力地摆了摆手,说:"妈,你什么也别说了!打我懂事那天起,打我被你从唐霞妈妈、许崇久爸爸那里硬抱回来那天起,我就在恨你!特别是每次看到许家驹,我就更恨你!我已经憋了十多年了,我已经快要精神崩溃了!现在,我要走了,永远也不回来了!"

吕静芳一听吓傻了:"妈可只有你这么一个孩子啊,你走了,妈可咋办?"吕静芳死死攥住了儿子的胳膊,膀大腰圆的儿子轻轻一甩,她就跌坐到了地上。

陶玉山背着包袱,跌跌撞撞地走出了家门……

(老 三)

(题图:王申生)

熬鹰

　　路二哥虽是个普通工人,可他老婆赚得多,他的腰板就硬,一听厂里要精简人员,就主动要求下岗,在家里当起了家庭"妇男"。从此,路二哥每天都要逛一趟菜市场,买好菜还顺便逛逛花鸟市,不为买花购鸟,只为瞧个稀罕。

　　这天他刚迈进花鸟市,忽听"唧唧"几声怪叫,低头一看,只见一只羽毛未丰的小鹰边叫边撞笼子,撞累了又蔫巴巴地蹲下来,一对金黄色的圆眼无奈地仰望着蓝天。路二哥瞧着稀罕,伸出手逗了逗它,小鹰就冲他"唧唧"叫了起来。

　　蹲在旁边的鸟贩子赶紧招呼:"哥们儿好眼力,这可是难得一见的鹞鹰呀,熬出来让它抓鸟,一抓一个准儿,抓来好鸟能卖钱,抓来次鸟尝野味儿……"路二哥好奇了:"熬出来?啥叫熬出来?"鸟贩子笑了:"就是熬鹰,把它的野性熬没了,它才能听指挥呀。"鸟贩子起劲地给路二哥介绍熬鹰的诀窍。

路二哥满足了好奇心,站起身要走,小鹰突然又冲着他"唧唧"地叫起来。鸟贩子趁机说:"这小鹰跟您有缘分呀,反正就剩这一只了,我半卖半送,给二百元拿走!"路二哥生来喜欢小动物,听鸟贩子这么一说,就买了下来。

回家的路上,路二哥遇到社区严主任,严主任一看笼子里的小鹰,顿时睁大了眼睛:"这不是鹰吗? 它可是国家二级保护动物呀,你是从哪里搞来的?"路二哥不爱听了:"啥叫搞来的? 花鸟市买的!"严主任赶紧道歉:"对不起,我是说,爱护野生动物人人有责,应该把它放归大自然。"路二哥一撇嘴:"这么小的鹰,放出去饿死呀? 等我把他养大了再说吧!"没等严主任再说什么,路二哥一溜小跑回了家。

谁知回到家,他又挨了老婆好一顿埋怨,说的也是爱护野生动物的话。路二哥只好嬉皮笑脸地忍着,因为以后熬鹰离不开老婆帮忙,熬鹰要三到五天不给它吃东西,不让它睡觉。不给吃好办,不让睡觉可难了,路二哥可不是铁打的,每天总得要老婆替换他睡一会儿吧? 不然鹰没熬出来,倒先把自己熬垮了。

路二哥当天就开始了熬鹰计划。小鹰第一天挺精神,蹲在架子上只管望着天,喊它、逗它也不睬。第二天,路二哥切了一块牛肉,拿着牛肉一逗引,小鹰忽地扑了上来,路二哥一缩手,小鹰扑了空,又被脚上的链子拽了回去。路二哥乐得哈哈大笑,老婆气得直骂他缺德。

第三天晚上,小鹰明显地没了精神,连扑过来抢牛肉的劲儿都没有了,浑身的羽毛也乱蓬蓬的没了光泽,缩着脖子直打瞌睡。路二哥偏不让它睡,拿着小木棍不住地捅它,气得老婆又来干涉,路二哥却不为所动,熬鹰就要下狠心嘛。

好不容易熬到第五天,按鸟贩子的嘱咐,下一步就该开始训练了，路二哥买来一只活麻雀，把老婆也叫过来看他驯鹰的本事。他拿着麻雀在小鹰眼前一晃，小鹰没动弹，看来真是熬得没劲了，路二哥又往前一凑，小鹰突然猛扑上来，尖尖的钩子嘴快如闪电，狠狠地啄在路二哥手上。麻雀"扑棱棱"飞上了屋顶，路二哥手上的血却"滴滴答答"往下流，疼得他直吸凉气，老婆直骂他"活该"。

岂有此理，饿了五天还那么大劲儿？路二哥包好了手，气鼓鼓地去找鸟贩子。鸟贩子听了也纳闷儿，想了想，问："不会是有人偷着喂它吧？"这么一说，路二哥恍然大悟，一路小跑回到家里，猛地推开门，一看，老婆正笑眯眯地在给小鹰喂肉呐！完了！按鸟贩子的说法，这样的鹰就再也熬不出来了，吵架生气都没用。唉，干脆就当个宠物养吧！

冬天过去了，小鹰长大了，一身褐色的羽毛，就像披了闪亮的铠甲，金黄的圆眼炯炯有神，一副威风凛凛、傲视一切的英雄气概。路二哥怕小鹰闷得慌，就接长了链子带它到公园里去练习飞行。小鹰的翅膀越练越硬，牵着路二哥越跑越快，晨练的人们看见这个小伙子跟着一只鹰疯跑，都笑得前仰后合。

一个周日的早上，路二哥买菜回来，一进门就发现架子上的小鹰不见了，急得"哇哇"大叫。老婆闻声过来，眼睛一瞪："瞎叫唤什么，是我把它放了，你有本事去把它抓回来！"路二哥没本事去抓小鹰，更没胆量收拾老婆，只好瞪着眼干生气。

路二哥闷闷不乐地呆坐了一阵，看看时候不早了，只好到厨房去准备午饭。他正忙着，就听窗外"扑棱"一声，猛抬头，只见一只小鹰落在窗台上。路二哥开心得大叫起来："小鹰！小鹰！我可想死你啦！"老婆看路二哥这副痴迷的样子，只好摇头叹气。

路二哥从此却省了心，他早晨把小鹰放出去，到了中午，小鹰自己会准时飞回来，而且嘴上还常常沾着羽毛，小鹰自己会打食吃，这可把路二哥高兴坏了。可小鹰到底怎么打食的呢？路二哥就喜欢追个好奇,这天,他决定跟着小鹰一起出去看看。

路二哥朝着小鹰飞走的方向,一路来到公园外面的稻田边上,四下看看没有小鹰的影子,再看前面不远就是一户翠竹掩映的农家,房前空地上,一只老母鸡正带着一群小鸡在觅食,好一派田园风光,路二哥兴致勃勃地顺着田埂走了过去。

他刚刚走到田埂尽头,惊人的一幕出现了:老母鸡突然张开翅膀护住小鸡,乍起羽毛冲着天上"咯咯"大叫。路二哥还来不及抬头看,只见天上一个黑影闪电般地俯冲下来,老母鸡拍打着翅膀,拼命跳起来迎击,只听"嘎"一声,老母鸡被黑影掀翻在地。不过,这老母鸡可英勇了,打个滚儿又奋不顾身地跳起来,紧紧把小鸡们护在自己的身下,那黑影一掠飞上了半空。路二哥这回看清楚了,这不正是自己的小鹰吗?

一个老婆婆举着笤帚从屋子里跑出来,这时候,正好小鹰一个俯冲又扑了下来,老母鸡跳起来迎击的时候,它身下的小鸡都吓得四处乱窜,小鹰趁机一个急转贴地掠过,抓起一只小鸡就飞上了天。

老母鸡惊魂未定地护着小鸡"咯咯"直叫,路二哥冲了过去。老婆婆看到路二哥,丢下笤帚抹起了眼泪:"不知道哪来的野鹰,把我家的小鸡都快抢光了!"路二哥这才知道原来小鹰每天是这样给自己觅食的,他心里很过意不去,一摸,腰包里还有几十元钱,就统统掏出来塞给老婆婆,说:"大娘,这钱您拿去买点儿炮仗,以后这鹰再来,你就放一个试试,说不定管用。"说完,就逃跑似的回了家。

这一晚,路二哥越想心里越不安,觉得这样不行,小鹰咋能去害人家的小鸡呢?他于是就把小鹰关了起来。可小鹰平时已经出去玩惯了,这一关,急得整天在屋里乱撞。最后路二哥见房间里实在关不住它,只好又把它放出去。放飞的时候,路二哥再三对小鹰说:"你给我记住了,以后再出去干坏事,我绝不饶你!"

果然,此后几天,小鹰回来时嘴上没了羽毛,路二哥这才稍稍放下心来。

没想才太平了几天,这天一大早,社区的严主任就上门来了。路二哥猜严主任准是来给自己进行"爱护动物"的教导,他一面开窗把小鹰放出去,一面无奈地对严主任说:"主任,您看清楚,我天天放它走,可它就是要飞回来,这可不是我非要养着它的。"严主任摇摇头:"我今天来,是因为社区信鸽协会的老吴反映,最近你这只鹰总追他家的鸽子,他那可都是挂了号的好鸽子,真出了问题损失就大了,我劝你还是把鹰送到动物园去吧!"

路二哥不相信:"我家的小鹰比鸽子大不了多少,抓个麻雀还凑合,怎么可能抓他的鸽子?那准是别处飞来的大鹰。"严主任还是摇头,路二哥拉起严主任说:"我家的小鹰我认得,不信咱们去问问老吴!"

两个人来到老吴家楼下,看到老吴正站在他家顶层阳台上放飞鸽子,鸽子们带着鸽哨"呜呜"地响着在天上盘旋,哪里有小鹰的影子?

路二哥笑了:"我说什么来着?我家的……"话音未落,一只小鹰突然出现在鸽群上空,闪电般地俯冲下来。鸽子们反应极快,立刻散开飞向四面八方,而小鹰却煞是厉害,它只对准正前方的一只鸽子猛追,只扑扇了几下翅膀就追到了那只鸽子身后。就在它张开利爪准备抓下去的时候,一只带斑点的鸽子斜冲过来,紧贴着鹰嘴一掠而过,小鹰一惊,放弃了目标,气汹汹地向斑点鸽扑去。

老吴在阳台上看着这惊险的一幕,急得挥着大手直喊:"'雨点'!'雨点'!快往家飞呀!"严主任在楼下也急得冲着发愣的路二哥说:"你快想办法呀,这只雨点可是在全国信鸽大赛中获过奖的冠军鸽哟!"

路二哥如梦初醒,这才跺着脚又是叫又是吹口哨,可是小鹰被勇敢的雨点激怒了,根本不理睬他的叫喊,只顾跟在雨点后面猛追。雨点速度不及小鹰,只在前面忽左忽右地急转弯,引着小鹰渐渐远离了鸽群。

雨点和小鹰在天上飞,路二哥他们在地下追,严主任和老吴上了年纪跑不动,很快就落在了后面。只见雨点飞过公园飞到稻田上空,终于飞不动了,速度明显慢了下来,眼看小鹰已追到身后,它重施故伎又是一个急转,可这次小鹰早有准备,斜插上去猛地一爪抓下,只见雨点立刻羽毛纷飞,歪歪斜斜地向地上坠去。

小鹰得意地扇着翅膀长啸一声,猛啄下来。这时候路二哥赶到了,他使出吃奶的力气伸手就去护雨点,小鹰一口啄下来,正好啄在他的手背上,掀起一大块肉,路二哥疼得"哇"地一声大叫起来。眼看小鹰追着雨点不放,他硬着头皮抓过路边一根竹竿就朝小鹰扫去,小鹰的翅膀顿时耷拉下来,翻着跟头转着圈儿,直朝地上扑棱。

这时候,老吴和严主任也赶到了。老吴心疼地抱起雨点,一看,还好,雨点只是伤了皮肉。他见路二哥垂头丧气地站在那,手里抱着断了翅膀的小鹰,心里不由一动,招呼说:"快跟我回去,我有药,给它治治伤!"

……一个月后,老吴照例美滋滋地站在他家顶层阳台上,看着雨点带着鸽群在蓝天上盘旋;而路二哥却成了动物园的常客,只要他在那里,总会有一只鹰落在他的肩膀上,开心地叫着……

(林　秀)

(题图:刘斌昆)

人 海 瞭 望

世间有一种比海洋更大的景象，那便是天空；还有一种比天空更大的景象，即便是内心的活动。

是我打了你

　　中午时候,有个中年妇女搀着一位六十多岁的大娘到大富豪酒店来吃饭。中年妇女的穿着打扮很有气质,但那个大娘一看就知道是农村来的,身上还背着个小包袱。服务员金山猜不透她们是什么关系,但看中年妇女对大娘的亲昵样子,他心想:肯把这么土的老人带出来吃饭的小辈,现在很少见。所以赶紧迎上去,热情地为她们安排座位,招呼点菜。

　　就在点菜的时候,金山发现那个大娘把身上的包袱解了下来,可是又不朝旁边椅子上放,只是朝椅子看了一眼,然后就把包袱放在自己腿上,两只手还紧紧捂着不放。

　　中年妇女立刻感觉到了,她抬眼朝大堂四下一扫,就站起来,径直朝靠墙边放着的一排专为孩子准备的高脚凳子走去。

金山很奇怪:也就是放个包袱,为什么还要专门用这种凳子? 但酒店的宗旨是只要顾客需要,就得服务到位,于是赶紧抢先一步奔过去,帮中年妇女把凳子搬了过来。果然,大娘见了这种凳子很满意,她站起身来,小心翼翼地把手里的包袱放到凳子上,然后又退一步,把凳子前后左右地整了整,这才重新在自己位子上坐下来。金山觉得大娘的神情很奇怪,可看着她不苟言笑的样子,没敢多问。

中年妇女点的是三菜一汤,很快就上齐了,中年妇女把菜都往大娘面前推,还一个劲地问大娘,菜的口味好不好,饭软不软。金山看她们动起了筷子,于是就按惯例退到一边,随时听候吩咐。

这时,有个顾客从金山面前走过,去大堂尽头的包房。这人金山认识,姓邱,是个老板,平时仗着有钱,老摆出一副阔老架势,走路一摇三晃。金山小心翼翼地向他招呼:"邱老板,您好!"但邱老板的眼睛好像长在额角上,看也不看金山,应也不应一声。老实说,金山还真懒得看他这副样子,于是干脆就低了头等他走过去。可就在这个时候,只听见"哐啷当"一声响,邱老板拉开嗓门骂起来:"谁把凳子放在这里,恶狗挡道啦?"原来是他刚才走路太横,捏着手机的手甩在大娘放包袱的高脚凳靠背上,手机脱手飞了出去,正好掉进大娘面前的汤碗里。

中年妇女赶紧站起来,连声说:"对不起,真对不起!"大娘把手机从汤碗里捞出来,在自己衣服上擦了又擦,然后递给邱老板,说:"同志,对不起,是俺放的凳子,俺替你擦干了,你快看看,还能不能使?"邱老板夺过手机,气呼呼地朝大娘吼道:"你当它是山沟里的烂石头啊? 这个样子还怎么用? 哼,你们得赔!"他边说边就恶狠狠地抬腿端了凳子一脚。

大娘的身子立刻抖了一下,扑上去护住凳子上的包袱,惨声迸出一句:"别动,这是……是俺儿啊!""儿?"金山心里一惊。

中年妇女一步拦在邱老板面前,说:"同志,请不要耍蛮,你听我说。""耍蛮?是谁惹的谁?谁和你同志啦?"邱老板的嗓门比刚才还要响。那中年妇女的脸立刻沉了下来,说:"你不听也得听!"邱老板被她严厉的口气镇住了,顾客们都围了上来。

中年妇女自我介绍说,她是西北边防部队某部的参谋,说他们部队有一位连长,最近在一次打击境外恐怖分子的战斗中英勇牺牲了,这位大娘就是英雄连长的母亲。深明大义的大娘到部队后没有向组织上提任何要求,只是希望将儿子的骨灰接回老家安葬。一路上,大娘把儿子的骨灰盒包裹起来,她说,儿子是她从小背大的,这最后一回,她得自己把他背回家去。

女参谋说得非常动容,金山听了也差点儿掉下泪来,可邱老板竟然把嘴一撇,说:"哼,这种老掉牙的故事我听得多了,谁知道你们是真是假?反正你们得赔我!"这是人说的话吗?金山心里愤愤地想:你姓邱的平时目中无人也罢了,可今天说这种话未免太过分了!女参谋怒目圆睁:"不许你侮辱我们当兵的!你说,你这个手机多少钱,我赔!"

周围人都看不下去了,纷纷指责邱老板。邱老板自觉有点下不了台,嘴里嘀咕着:"八千多元,我看你赔得起?算了,我看看,真要是死了人,算我倒霉!"他一面说,一面竟伸手用力去扯大娘手里的包袱。只听"哗啦"一声,包袱掉到了地上,一只用鲜红的八一军旗裹着的烈士骨灰盒出现在大家眼前。邱老板愣住了:"今天算倒了哪辈子霉?吃饭碰上个死人!"他一连朝地上吐了三口唾沫。

大娘愣住了!女参谋二话不说,抬手一个巴掌就打在邱老板的脸上,那声音清脆又响亮。

邱老板冷不防吃了一巴掌,正想撒泼,一看,所有的人都怒视着他,只得捂着脸,朝女参谋喃喃道:"你……你当兵的打人……"女参谋擦了擦眼角的泪痕,一字一顿地回敬邱老板说:

"我是一个有着十八年军龄的军人,今天我打了人,回去接受组织处分,我愿意!"女参谋话音刚落,大家不约而同地都鼓起掌来。

邱老板见没人理睬他,突然在人群里看到了金山,像捞到救命稻草一样,气急败坏地冲着金山说:"她打人,你服务员得作证!"

金山知道,酒店历来有"不准顶撞顾客"的铁规,可此刻他冷冷地看着眼前这个没有人性的家伙,什么也不顾了,昂着头,大声说:"是我打的你!还要作什么证!"金山这话一出口,引来呼声一片:"是我打的!""是我打的,这畜生就是该打!"

事情最后是由酒店经理亲自处理的,结果就不用多说了。反正第二天,金山自知冒犯了店规,主动去经理室要求辞工,可他还没开口,经理却先说话了。经理说:"酒店决定提升你为大堂领班!还有,你帮我考虑考虑,'不准顶撞顾客'这条店规,该如何修改!"

(辛风人)

(**题图**:安玉民)

换门牌

西关镇工人新村有个姚好吉,为人处事像他的名字一样,喜欢讨个吉利,尤其喜欢吉祥数字。比如他的月工资是519元,可他每次都少领一元,图个"我要发"的口彩。

谁知那年有关部门编门牌号码,偏偏把188这个数字给了他的邻居文义重,把他排作189。这个数字没有188吉祥不说,谐音还是"姚八舅"。在北方,除了亲外甥,别人喊舅就是骂人。姚好吉哪肯要这个倒霉数字!他先是吵闹,后是请客送礼,有关部门为了息事宁人,采取变通的方法,把他的门牌编为"副188",这才满足了他的要求。

对这个吉祥门牌号码,姚好吉倍加珍爱,每天开门第一件事,就是站在小凳上,用湿毛巾擦门牌,直擦得一尘不染才住手。

这一天,姚好吉正在擦门牌,有个骑摩托的小伙子在他面前停下来,匆匆扫了一眼门牌上的号码,说:"老伯,恭喜了!你女婿正忙着呢,我来替他下请帖。"说着,把一份大红请帖递到他手里,一轰油门又走了。

姚好吉听到"恭喜"二字,心里自然高兴,只是猜不出女儿家有啥喜事。忙回到屋里,戴上老花镜,打开了请帖。不料只看了一眼,就再也看不下去。你猜怎么回事?原来那张红纸裁成的请帖上,赫然写着"本月十二日弄璋之喜汤饼候"。姚好吉粗通文墨,知道这行字的意思。"弄璋"是说生了男孩子,"汤饼"是吃喜面,"候"是等候光临。可姚好吉的女儿姚丽出嫁不过五个月,怎么就生了小孩!女婿是个小军官,结婚前没有探过家,女儿也没有去过部队,怎么会怀了孩子!那鲜红的请帖像一盆火,烧得姚好吉满脸通红,热汗直冒。他把请帖团成一团扔在屋角,一屁股坐在沙发上生闷气。

姚好吉气呀!女儿原是本本分分一个女孩,怎么干出这种丢人现眼的事?可是,气归气,没了老伴,自己又是爹又是娘,女儿出了这档子事,娘家人总不能无动于衷吧。女婿既然下了请帖,操办酒席,说明还是接受了这个来历不明的孩子。只是吃喜酒那天自己万万不能去,那么多宾客,谁要说句玩笑的话,自己这张老脸就没处放。不如提前去看看,悄悄送几百元钱让女儿补补身子,尽尽心意算了。

主意已定,姚好吉就带了钱去女儿家。不料刚进客厅,正碰上女婿气呼呼地从卧房里走出来,抬眼看见岳父,火气才消了一些:"爸,我正要找你。你去管管姚丽,我可是为她好!"

姚好吉还没听出个所以然,就听女儿在卧房里接了腔:"这号事找我爸干什么?如果大家都不要孩子,这世界不就灭亡了吗?"

到底还是为了孩子的事!姚好吉气女儿,自己做错了事,还发什么脾气！

女婿说："高兴怎么就怎么吧，我今天就回部队！"说着就往外走。

姚好吉忙追出去，拦住女婿说："你别发火，都怪我管教不好还不行吗！"

女婿有些不好意思了："爸，我不怪你。关于孩子的事，她的心事我早知道了。不是我觉悟有多高，总得面对现实吧。走，中午咱爷儿俩喝两杯，你听听我的想法，错了你批评。"

姚好吉想想，小夫妻俩的事最好不要搀和进去，就推说有事，急忙走了，连带来的钱也忘了留下。

回到家里，姚好吉吃不香、睡不着，心里只记挂女儿那档子事，折腾了两天，人瘦了一圈，好像病了一样。正在这时候，女儿来了电话，说前天只顾与丈夫斗气，怠慢了老爸，打算今儿中午回来看看。

姚好吉当即回绝了，撒了个谎，说中午在单位加班不能回家。骨子里呢，他这个好吉利的人，最讨厌不吉利。按当地的风俗，坐月子的女人是不能串门子走亲戚的，走到哪里就把晦气带到哪里，亲生女儿也忌讳。更重要的是，如果女儿抱着个孩子回来，街坊邻居还不笑掉大牙！当然，女儿刚生过孩子，保着身体重要，也不适宜乱跑。放下电话，姚好吉干脆锁了门，到街上散心去了。

真是哪壶不开提哪壶，姚好吉刚转过一条街，迎面就碰到了女儿。他看到女儿蹬一辆三轮车，正在吃冰棍呢。姚好吉心里一惊，上前劈手夺下女儿手中的冰棍，黑着脸训道："小丽，你怎么不爱惜身体！"

姚丽见爸爸就站在面前，笑道："爸，我打算买些酒菜，请计划生育部门的人撮一顿，办一个准生证，让你名正言顺地抱外孙。可你女婿高低不干，我只好自己上街了，又热又渴，就买了根冰棍。没事,我这身体棒着呢!"

还是为了那个孩子的事!姚好吉气得跺脚:"你呀,快回去吧,唉!"

转眼之间,十二日到了,姚好吉恐怕女婿亲自来请他去吃喜酒,一大早就想躲出去。谁知还没出门,女儿女婿双双来了。姚好吉忙说:"你们别请我,请我也不去!"

女儿一怔:"请你干什么呀?"

姚好吉没好气地说:"你们不是生了个孩子,今天请客吃喜酒吗?"

女儿看了丈夫一眼,笑得直不起腰来:"爸,你是急着抱外孙呀,可你忘了,我们结婚才五个月,哪来的孩子?"

姚好吉仔细看女儿,也不像生过孩子的样子,不解地问:"我那天去你们家,你两个不是为孩子的事拌嘴吗?"

女婿红了脸,吭哧半天说不出话来。原来,他最近有个出国外援的任务,时间是一年半,就回来跟姚丽商量,暂时不要孩子,免得加重姚丽的负担,谁知姚丽一心想要孩子,为此两个人才拌起了嘴。可这种事,当女婿的怎么能对老岳父说?

女儿姚丽接过话头,把丈夫出国的事介绍了,然后说:"他想两年以后要孩子,我想现在要孩子!这事还在争论之中,孩子还没影呢!"

姚好吉依然不解:"那天你说想办准生证,又是怎么回事?"

姚丽说:"计划生育么,就是提前报个计划。"

姚好吉更糊涂了:"可早几天有人给我送了请帖,说你们生了个男孩,请我吃喜酒?"

话音刚落,邻居文义重领着那天骑摩托的小伙子来了,问:"老姚,早几天你可接到过请帖。"

姚好吉说:"接到过,就是这小伙子送的。"

文义重埋怨道:"你怎么不把请帖转给我!我女儿生了个男

孩,下请帖请我去吃喜酒,可我现在才知道,什么礼物也来不及准备!唉!"

姚好吉在屋角找出那份请帖,展开一看,落款处果然写着人家女婿的名字!唉,当初如果多看一眼,也不会闹出这么一场大误会。他一边给邻居道歉,一边埋怨那小伙子:"你怎么能乱送请帖,害得我好险生出一场大病?"

小伙子指指他家的门牌:"我只认188,哪里知道还有个副188?"

闹了半天,问题竟出在这个吉祥数字上!

送走客人,姚好吉拍着门牌,气呼呼地说:"什么吉祥号码?害得我得罪了邻居,误解了女儿,惹出一身晦气!我现在就去申请改门牌,换号码!"

不过,临出门时他又犹豫了,人家管理部门,能为你一而再,再而三的换门牌吗?

(曲范杰)

(题图:张恩卫)

省里来的大官

　　退休工人韩为民有件心事:孙子大学毕业一年多了,还没有分配,眼睁睁地看着有头有脸人家的孩子,不是分到党政机关,就是分到高工资的单位,如果他老韩家再想不出法子,孙子就要分到发不出工资的企业……

　　老韩的儿子老实得连句适也说不出来,只知道埋着头上班,家里这摊事还得老韩一手操办,他为孙子的事跑了十几趟,求爷爷告奶奶的,可还是八字不见一撇,老韩的心里老像堵了块石头。

　　这一天,一辆豪华小轿车停在老韩家的小屋前。从车上下来一个挺精神的小伙子,居委会方大嫂陪着他,来到老韩的小屋里。小伙子对老韩说:"韩老,我是市委组织部的,姓刘,汪部长让我来看看您,了解一下退休职工的生活情况。"

老韩受宠若惊,手忙脚乱地给刘秘书端椅子、倒茶水。刘秘书坐下后便问:"韩老,您老人家是不是冀南人?"

"是。"

"您今年高寿……"

"六十九岁。"

"您弟兄几个?"

"弟兄俩,在我六岁时,因为家里穷,就把弟弟送给了别人,到现在也没音讯。"

刘秘书不住地打量老韩额头上那块"白癜风",接着又问了一些老韩家里的其他情况,就坐上车走了,临关车门时,眼睛好像还在瞟着老韩额头上的那块白癜风。

老韩丈二和尚摸不着头脑,不知道出了啥事。方大嫂说:"老韩,大概你要交好运了,到时候可别忘了我这个基层领导啊!"

老韩苦笑一声说:"好运也罢,倒霉也罢,反正我历史清白,不怕调查,再说现在也不是'文革'那形势!"

过了几天,那辆车又来了,这次是市委组织部的汪部长由刘秘书陪着亲自来的。汪部长一进屋就紧紧握住老韩的手,嘘寒问暖,一个劲地问需要解决什么困难。老韩这么大年纪还没见过这么大的官,更没想到这么大的官这么关心自己,他感动得眼眶湿漉漉的,张了好几次嘴,也没说出那件心事。汪部长和老韩谈话时,眼睛也不住地瞟他头上的那块白癜风,弄得老韩怪尴尬的。

过了十几天,方大嫂风风火火地跑进老韩家里,说:"老韩,你到现在还想瞒我呀?过几天省委韩书记就要来看你了!你真有福气,有这么个好弟弟,以后咱居委会的事你可要多关心啊,我已经打了报告,让你担任名誉主任!"

老韩说:"你说的这是哪儿跟哪儿呀!"

方大嫂说:"社会上都传遍了,才来咱省的韩副书记让咱汪部长帮助寻找失散五十多年的哥哥,在咱市里找到了八十多个韩为民,才找到你这个亲哥哥。这还多亏了你头上那块白癜风!汪部长已经向韩书记报告了你的情况,韩书记正在抗洪前线指挥救灾,过几天就来认你这个亲哥哥!"

那失散多年的弟弟真的就是省委韩副书记?可这跟白癜风有什么关系?老韩既疑惑,又盼望,心里像十五只吊桶打水——七上八下。

老韩家冷冷清清的小院一下子变得门庭若市,窄窄的胡同里不断有小车来来往往,有时拐不开弯儿就塞了车。人事局的局长来了,说好几个单位都夸老韩的孙子是个难得的人才,争着要他去上班。

还有老韩单位的领导,老韩单位的主管部门的领导,还有许多老韩听说过和没听说过的这个局那个部、这个所那个院的领导,有关系的,没关系的,拐弯抹角找关系的,都来了。这些人来时手里都拎着礼物,都是老韩先前没见过的、没吃过的。街坊邻居、亲戚朋友都来贺喜,闹得老韩连觉都睡不成。更让他发愁的是:有些人在晚上把贵重礼物放在门口就走,只留下个带名字的纸条。那些人都是老韩不认识的,弄得他心里直发毛——要是那省委副书记是他弟弟还好些,如果不是,那可怎么办?说不定一把年纪了,还要被判个受贿罪或是诈骗罪,岂不给祖宗丢人?老韩和老伴商量来商量去,决定横下心,不管三七二十一,先把孙子的工作解决了再说,反正咱又没给他们行贿!老两口儿又把所有的礼物一一登记,全都捐到洪涝灾区去,这才算安下心来。

过了个把月,韩副书记在市委书记、组织部长的陪同下来到了老韩的小屋里,陪同的人寒暄了一会,就知趣地到外面去了,让这哥俩单独叙谈。

老韩打量着眼前的韩副书记：身材矮小，窄窄瘦瘦的脸上有许多皱纹，穿着茄克衫，也没系领带。老韩觉得这个省委副书记跟有些官儿们不大一样，倒像是他们厂里一块干活的工人。

韩副书记说："哥，这些年你受苦了。"

老韩又一次打量着对方，斩钉截铁地说："韩书记，我觉得你不是我弟弟！"

"是，没错！"

"那你说说以前的事吧！"

韩副书记无奈地一笑，说："我离开家时还小，都记不清了。"

"听说你记得我额头上这块白癜风？"

韩副书记忙点了点头："对，不过那时候没这么大……"

老韩霍地站起身来，挺顶真地说："那就更不对了，我弟弟离家时候，我头上还没长这玩意儿！"

"哥，你就认下我吧！"

老韩说："我不想高攀。"

韩副书记有些尴尬，他沉吟片刻，说："情况是这样的，前些日子我是让汪部长替我寻找哥哥，不过这次我去灾区意外地找到了他……可惜他不幸在洪灾中死了，他又是孤身一人，我再也没有其他亲人了……你家里的情况我都听说了，我让汪部长这么一找，更给你添乱了，如果我不认你这个哥哥，不是害了你一家吗？"

老韩毫不在乎地说："那没啥，我们当了一辈子平头百姓，再难的坎儿也能闯过去！再说别人送的那些东西，我一样不少地全部捐给了灾区……"

韩副书记听了，动情地说："老人家，你越是这样，我越要认你这个哥哥，你就成全了我吧！"

最后，老韩感动了："韩书记，你是真共产党，只要你不嫌弃，你这个弟弟我认了!"说着,两个人手攥着手,紧紧地靠在一起,如亲兄弟一样。

后来社会上传出两种说法:一种说法是,老韩并非韩副书记的亲哥哥,是韩副书记心眼好,为了不让老韩一家难堪,才认了他;另一种说法是,两人确实是亲兄弟,是老韩怕别人常来找办事,故意否认的。但是,邻里街坊都看到,逢年过节韩副书记就来看他们一家,老韩的孙子去了一个最满意的单位,过了半年还升了科长。开始,给老韩送礼的人不少,老韩一律不收,谁让老韩在韩副书记面前美言几句,老韩就说:"韩副书记不是我弟弟,再说他也不是那种人!"慢慢地,人们看到老韩这个门子走不通,也就没人来送礼了。

老韩家的门前又恢复了往日的平静……

（滏　阳）

（**题图**:刘斌昆）

联络感情

小鲁在单位里算得上是个倒霉鬼,科长分派给他的活总比别人多,而得到的奖金却总比别人少。有人劝他说:"你不要只知道埋头干活,还得动脑筋跟科长联络联络感情才是。"可小鲁一不会溜须拍马,二不会看眼色行事,这感情又怎么联络呢?

一天下午,科长没来上班,听说是身体不舒服,在家休息。小鲁猛然想到,这倒正是个联络感情的机会,便咬咬牙买了二百多元钱的滋补品,直奔科长家。

小鲁是第一次给领导送礼,心里总感到有点不太光明正大,像做贼似的爬上三楼。找到了科长的家,他朝左右看看,见没人影,便按响了门铃,可是按了一次又一次,只听铃声响而不见人开门。

　　小鲁不停地按门铃,后来门终于开了,科长站在门口,睡眼惺忪地说:"是小鲁呀,有什么事吗?"

　　小鲁忙说:"听说你不舒服,特来看看你,真不好意思,打扰了你休息。"

　　科长说:"哎呀,你这是干什么,我只是有点不舒服嘛……"说着,把小鲁让进了屋里。

　　小鲁放下礼品,见科长面色苍白,便说:"科长,你病得不轻呀,得去医院看看,我陪你去好吗?"

　　科长摇摇头:"不用,不用,要么这样,你给我上街买点东西,行吗?"小鲁当然满口答应。

　　可是没等科长说出买什么,电话铃响了。科长接了电话,没说几句,头上就冒出了豆大的虚汗,两腿也不停地哆嗦。他放下电话就拉住小鲁的手,说:"好兄弟,今天这件事,求你一定帮个忙。"小鲁有些丈二和尚摸不着头:"怎么,出什么事啦?"

　　其实,什么事也没发生,只是科长的妻子回来了。妻子原定今天下午出差,因故没有走成,她得知丈夫病了,就急忙赶回来,可到了宿舍楼下,发现钥匙放在包里忘了带,所以在旁边小店里打个电话,看看丈夫是否在家。这一来,科长像是遇上地震,碰上天塌,急得团团转,因为在他卧室里还藏着个"宝贝",如果让他妻子发现,泼天大祸,将会从天而降!

　　科长毕竟是科长,关键时刻显出了领导的英明和果断,他从卧室里叫出一个低着头、红着脸的年轻女人,让她坐在小鲁的身边,并下达了指令:"小鲁,就说她是你的对象,是一道来看我的。"

　　小鲁扭头一看,发现坐在自己身边的竟是同事张丽丽。小鲁早就听说她和科长有名堂,想不到真有其事,原来科长的病是假的,只是为了"潇洒走一回"呀!小鲁这样一想,便觉得很尴尬,好像是被人朝口里塞进一只苍蝇似的难受。

　　门铃响了,小鲁开门,进来的是科长的妻子,她见丈夫靠在沙发靠背上,仰头闭目养神,就问:"怎么样,不要紧吗?""没事。"科长又挺起腰说:"噢,我介绍一下,这位是我们单位的小鲁,那位是他的女朋友,他们一块来看看我。"

　　科长的妻子朝张丽丽看看,说:"哟,这姑娘多漂亮,小鲁呀,有这样的女朋友,你真是有福气呀!"小鲁淡淡一笑,心里暗想:还福气呐,是晦气! 我宁可打光棍,也不要这样的女人!

　　为了避免惹出事来,小鲁起身告辞,张丽丽也随后跟上。科长夫人热情地送到门口,还说:"你们慢走,今后两人一道常来玩。"小鲁点点头,心里却在说:还是让张丽丽自己常来玩吧,我是不会陪她来的。

　　碰上了这档子事,以后在科长手下干事,是福是祸?

　　第二天,小鲁递交了辞职报告……

(作者:苏立华;讲述者:吴文昶)

(题图:黄全昌)

开元通宝

　　三百六十行,行行有门道。刘二和黄三是一对收破烂的朋友,白天他们驮着大竹篓走村串巷收废品,傍晚就到城里卖给废品回收站,赚一点差价。有时居然也会"捡漏",收到一两件古旧的玩意儿,卖给古董商独眼龙。

　　这天傍晚,刘二把废品卖给回收站后,就拉了拉黄三的衣袖,神秘兮兮地说:"今天我发财了,收到一件宝贝。"黄三忙问是什么宝贝,刘二就把一枚铜钱掏出来给黄三看。这枚铜钱很旧,几乎成了黑色,上面有"开元通宝"四个字,应该是唐朝的钱。去年刘二收到过一只清朝的破碗,卖给独眼龙,得了三百元,算一算年代,这枚铜钱比那只破碗大约要老几倍,说不定值几千元呢。黄三说:"还算啥呢? 快拿去卖呀!"

刘二当即拿这枚铜钱去卖给独眼龙。独眼龙接过铜钱，兴奋不已，连那只瞎眼似乎都亮了起来，他问刘二要多少钱。刘二想，这枚铜钱比那只破碗老几倍，价钱也应该多得多，非三千元不可，于是就伸出三根手指，说："最少要这个数。"独眼龙爽快地说："三万？好，给你。"

刘二喜出望外，差点连回家的路都认不清了。

靠一枚铜钱发财后，刘二就不去收破烂了，他在城里开了一爿店，还娶了一个很漂亮的妻子。这下可把黄三羡慕死了，他也希望自己能收到一枚"开元通宝"，于是加倍卖力地在破村陋巷中奔走，可是一直到刘二的小孩会叫爸爸了，黄三连一枚值钱的铜钱都没收到，更别说"开元通宝"。他一气之下，就扔下竹篓，到广州打工去了。

三年后，黄三揣着从牙缝里省下来的一万多块钱，也准备在城里开一爿小店。正在四处寻找店面的时候，一天，他看到一个老女人在卖废铜烂铁，里面夹带有不少铜钱。他心中一动，就仔细看那些铜钱，嘿，居然有一枚"开元通宝"。

他马上把这枚铜钱抓在手里，叫老太太无论如何要卖给他。老太太看他抓得那么紧，也意识到这枚铜钱有来头，死活不卖。黄三急了，差一点跪下来，愿意把所有开店的钱给她，老太太这才让给了他。黄三虽然心里有一种失落感，但想到一转手就能得到三万元，他还是很高兴。

黄三用手绢裹着这枚铜钱，迫不及待地来到独眼龙开的古董店，找到独眼龙，便说自己有件宝物。独眼龙抬起眼睛，问是什么东西，黄三一层层打开手绢，小心翼翼地把铜钱递了过去。独眼龙接过铜钱，问他要多少钱，黄三咬了咬牙，说："四万块，少一分也不给！"独眼龙笑了笑，说："我最多给两百元。"黄三说："你好好看看，这可是开元通宝啊！"独眼龙说："我知道是开元通宝，所以才给两百元。如果不是开元通宝，二十元都不值。"黄三问:"上次刘二卖一枚开元通宝给你,你怎么给他三万元?"独眼龙说:"他是他,你是你,有所不同。"黄三问:"有什么不同?"独眼龙把嘴一撇,说:"这是秘密,我不会告诉你的。两百元,卖不卖?"黄三说:"明明是一样的铜钱,你再仔细看看。"独眼龙不高兴地说:"不用看了,你走吧。"说完,把铜钱丢出来,"咣当"一声落在地上。

黄三弯腰捡起铜钱,想起三年打工的艰辛,不禁悲从中来,他认定独眼龙故意整他,就咬着牙说:"你……你欺人太甚了!"边说边将铜钱往独眼龙的脸上扔过去。这枚铜钱竟像飞镖一样,不偏不斜,正好插进独眼龙那只好眼里,独眼龙大叫一声,鲜血从眼睛里喷涌出来。众人一见,赶紧把独眼龙送进医院。

结果,独眼龙成了两眼瞎,黄三则被判了五年徒刑。

黄三又气又恼,想想人家刘二,一枚铜钱改变了命运,自己却因一枚铜钱毁了人生,老天爷就这么不公呢?

服刑期间,黄三认识了一位叫梁军的"狱友",心情稍微好了起来。有一次,监狱发生大火,梁军被困在火海里,黄三冒着生命危险钻进火海,把他背了出来。因救人有功,黄三被减刑一年。临出狱那一天,梁军送一枚铜钱给黄三,以报答他的救命之恩。黄三接过铜钱一看,上面赫然有"开元通宝"四个字,心里一酸。他把铜钱还给梁军,说:"我就是为铜钱入狱的,看见铜钱就心烦。"梁军告诉他说:"这枚铜钱是奶奶给我的,奶奶说旧铜钱能辟邪,你运气这么差,说不定这枚铜钱能让你逢凶化吉,所以你无论如何得收下它。"这么一说,黄三不好意思再拒绝,于是就把这枚开元通宝收了下来。

出狱后,黄三就去找老友刘二。听刘二说,独眼龙两眼全瞎后,竟然还在收古董,不过只收开元通宝铜钱。

黄三吃惊地问:"那个老瞎子不会上当吗?"刘二说:"听说他不但没上当,还发了大财呢!"

　　黄三好奇地来到独眼龙的家里,把梁军送的铜钱递给他说:"老冤家,你看这枚开元通宝,是值两百元? 还是值三万元?"独眼龙接过铜钱,两只瞎眼对着屋顶,手指却很仔细地抚摸铜钱,摸了几遍后,独眼龙说:"这是一枚宝贝,现在涨价了,我给你五万元吧。"

　　黄三简直不敢相信自己的耳朵,高兴得跳了起来,想起自己和独眼龙的恩怨,便故意逗他说:"你上当了,这枚铜钱是我伪造来骗你这个老瞎子的。"

　　独眼龙说:"认这种铜钱,我根本不需要眼睛。"

　　黄三好奇地问:"那你是怎么辨认的?"

　　独眼龙说:"这是我的秘密。"

　　黄三说:"你年纪这么大了,又没有儿女,能不能把你的秘密告诉我? 说不定我会给你养老送终呢。"

　　独眼龙想一想,说:"为这个秘密,我瞎了一只眼,你坐了几年牢,你我也算有缘分了。好,我就告诉你吧。"

　　独眼龙告诉黄三:古人造钱先用蜡做钱模,开元通宝的模子做成后,呈送当朝皇帝过目。皇帝让妃子也看看,妃子不小心在一个钱模的背面留下一点小小的指甲痕,用那个钱模造出的铜钱,也跟着带上一点小小的指甲痕。这样就有两种开元通宝钱币,一种是带有指甲痕的,行家们称为"贵妃钱",另一种是不带指甲痕的。不带指甲痕的普通开元通宝钱币,只值几百元一枚,贵妃钱却因为既特别又稀有,价钱一路飞涨,一枚已经卖到七万元以上了。

　　黄三这才恍然大悟,想起这些年吃的苦,遭的罪,不由一声长叹:"可惜我知道得太晚了!"

(杨汉光)

(题图:王申生)

神秘举报人

　　许老三家住江州市郊,靠每天拉板车给火车站卸货养家糊口。

　　这天,许老三像往常一样天不亮就起了床,草草扒了几口凉饭之后就拉着板车出了门。到车站一看,冷冷清清的,货车还没进站哩,他长长地吁了口气儿,支起板车,擦擦汗,准备坐下来等。

　　谁知就在这个时候,猛地听到有人在喊:"喂,喂!"他四下里一瞧,发现对面墙根下的阴影里站着个人。许老三问:"是你喊我?"那人压低嗓门说:"是啊,我有一车东西,想请你帮忙去拉,干不干?"拉车人靠力气吃饭,就怕找不到货主,哪有见货不拉的道理? 许老三赶紧拉着板车跑了过去。

那人突然急了,说:"你不要过来,我先把条件讲好。"许老三收住脚步问:"什么条件?"那人说:"两条。第一,你必须在上午八点钟之前把货送到市府大道 15 号门前,交给一个叫钟茜的中年女人,齐耳短发,戴眼镜,提黑色公文包。第二条,我不跟车,那些东西你替我拉过去,但一件都不能丢,也不能搞坏。这两条你若是都能做到,我付你 500 元脚力钱。"

好家伙,市府大道离火车站顶多十五六里,拉这么点路就给500 元?这种好事到哪儿去找?许老三拉了十多年车,从来就没有给货主丢失或者搞坏过什么东西。不过看这人神神秘秘的样子,许老三吃不准他要自己拉的是什么来路的货,许老三是个老实本分的人,不明不白的钱他从来不赚,所以心里就有点犹豫。

那人像是看出了他的心思,就说:"你只管放心去拉,这绝不是什么来路不明的东西。现在我只问你一句,你干不干?"

许老三脑子一转,突然想到:市府大道那一带尽是公家地方,这些货物真要来路不明,这人也不敢让我往那儿送呀。于是心一横:"干!""那好。"对方点点头,接着就吩咐说,"你向右转,看到没有,前面货场围墙根下有一堆东西,你先把它们装上车,回头我还有话要对你说。"

许老三把板车拉过去一看,那儿果然有一堆东西,他先清点了一下,大小纸箱共 15 只,还有一个封了口的信封。他把东西一一装上车,用夹板和绳索固定好。这时候,那人沿着墙根下的阴影也走过来了,见许老三把车装好了,就说:"你现在可以先把信封拆开,里面有 300 元钱,是我预付给你的,剩下的 200 元,事成之后我一定会给你。"

许老三拆开信封,将里面的钱抽出来一看,果然是 3 张百元大钞。说实话,对方就是剩下的 200 元不给,这点脚力钱就已经是平时翻倍都不止了,许老三挺知足,把钱装进口袋,就要上路。那人叮嘱了一句:"咱们这回是君子之约,讲的是信用,你不认识我，我可认识你，我在这里注意你好长时间了，我知道你天天来。好了，你快走吧！"说罢，一转身就没了影。

此时天已快放亮，许老三怕耽误事，拉起板车小跑着就上了路，八点钟不到，他就把货拉到了市府大道 15 号门前。一看招牌，乖乖，这儿原来是市委、市政府的机关大院啊！许老三更加不怕车上的东西会有什么问题了，他一边擦汗，一边就等着那个叫钟茜的女人来。

八点钟，是政府机关的上班时间，门口进进出出的人特别多，许老三怕错过和女人接头，又觉得在这些人面前自惭形秽，于是便退到一边，蹲在墙根下，两只眼睛却一眨不眨地盯着门口看。

突然他眼睛一亮，因为眼前走过来的这个女人正剪着短发，戴着眼镜，手里夹着一只黑色的公文包。许老三往起一站，迎上去问："这位大姐，你是叫钟茜吧？"女人的眼睛在镜片后面迅速把许老三上下打量了一番，点点头说："是的。你找我？"许老三可高兴了，指指停在一边的板车，说："你要的东西我都替你拉来了。"

这个叫钟茜的女人莫名其妙："我要的东西？"

"是啊，卸在哪儿，你说吧。"许老三想快点把货卸了，好赶回车站去接新活。

谁知钟茜却不慌不忙地围着板车转了一圈，然后把手往车把上一按，对许老三说："同志，你能先把这车货的情况给我说说吗？是谁让你拉来的？他叫什么名字？长得什么样？"

许老三听钟茜这么问，敢情她还根本不知道这事？于是便把自己一早在火车站碰到那个人的事前前后后说了一遍，至于那个人长什么样，他真没看清，自然说不上来。

钟茜听他说完，微微一笑，说："我相信你说的是实话。这样吧，既然那个人说这些东西是送给我的，你就帮我拉进院子里去,好吗?"

许老三"噌"的一声拉起板车就进了大院,按钟茜指定的地方,把车上的15只纸箱一只一只全卸了下来。也就是在这个时候,许老三自己才算看清了,这些纸箱的外壳上写的,都是电脑、空调、冰箱之类的东西,只有一只是重新捆扎过的旧箱子,钟茜打开一看,箱子上面有一套电视剧《黑脸》的碟片,底下全是100元面值的人民币,一捆捆摞得整整齐齐。

许老三顿时傻呆了。

钟茜说:"同志,谢谢你把这些东西拉来。如果你再碰到那个让你拉货来的人,请你转告他,这件事我们一定会查清楚的。"钟茜说这番话的时候,神情显得非常严肃。许老三平时多少也看过电视、听过广播,知道《黑脸》是一部反腐败内容的连续剧,他心里掂得出今天这件事情的分量,朝钟茜点点头,拉上板车,步履沉重地出了大院。

许老三不知道,这个钟茜其实就是市里的纪委书记,因为向来秉公办事,在圈子里素有"女包公"之称。许老三走了之后,钟茜立即让人把东西送入仓库封存,然后把《黑脸》碟片带回办公室。她能理解对方送碟片的用心,一定是叫她学学片子里那个铁面无私的黑脸纪委书记,但会不会除此之外还有别的用意呢?钟茜于是把这盒碟片全部倒出来,放在办公桌上,一张一张查看,果然发现其中有一张是"白板",上面没有一个字,像是新刻录出来的。钟茜当机立断把碟片拿到影碟室,在机器上一放,果然,屏幕上出现了市里一个领导及家人在自家住房门口进进出出搬东西的场景。钟茜心里一喜,因为她眼下正巧在配合省纪委审查这个领导的经济问题,苦于没有确凿证据,工作一直没有明显进展,看来这次一定是群众发现什么,举报来了。钟茜瞪大眼睛继续往下看,但遗憾的是,镜头里的光线非常灰暗,显然这是举报人在夜间偷拍下来的,画面上的影像模模糊糊,只能看出领导和他的家人在搬东西,到底搬什么,看不清楚。

钟茜正要把影碟机关了,突然,镜头里出现了一个黑影,越走越近,越走越近,走过路灯下时,钟茜看清楚了,这是一个圆脸小伙子,身后拉了一辆板车,只见他把车停在领导家门口,一家人于是就把刚才搬出来的一堆东西都往他车上搬,搬完了,小伙子拉起车就走。接下来,整个画面漆黑一片,就什么都没有了。

尽管如此,但钟茜的心里已经十分亮堂了,她"呼"地抓起桌上的电话,开始一个一个拨打起来,一刻钟之后,各路反贪精英就在影碟室里集中了,这张碟片又被重新放了一遍,然后一个排查摸底的方案很快就确定下来。两天之后,碟片里出现过的那个拉板车的小伙子被带进了纪委办公室,他就是那个正在接受审查的领导在乡下的弟弟。弟弟交待说:领导在得知纪委要追查经济问题时,就开始将东西转移到他那儿了;被拍到的这回,其实已经是第三次转移了,但这回他刚刚把车拉出不远,后面就跟上来一个人,咬着不放,他想起当领导的哥哥事先一再交待过,如果被人发现,宁可不要东西,也不能让别人知道他们之间的关系,于是丢下车就跑了。

领导的真面目终于被揭开了,兴奋之余,钟茜很想见见那位让许老三来举报的同志,但这人始终没有露面,钟茜总觉得心里有些遗憾。

这天早晨上班的时候,钟茜在机关大院门口又看到了许老三,许老三把一只信封交给她。钟茜拆开一看,里面的信是打印的,举报市里一个单位的领导违法违纪的情况,有时间,有地点,还附了一份调查线索。落款是:群众。

钟茜问许老三:"是不是又是上次让你送货的那个人让你送来的?"

许老三点点头:"是的。今天一大早,那个人就在老地方等我了,他非要给我上次拉货余下的200元脚力钱,还让我把这封信交给你。信我是来转了,可钱我没收。"

"为什么?"钟茜挺有兴趣地问。

许老三说:"人家这是在做好事,我怎么能收他的钱呢?"

"那……"钟茜说,"你能带我去见见他吗?"

许老三摇摇头:"我已经问过他了,为什么不直接来找你,他没吭声。不过他说了,这……这反腐败的事儿不光是领导,老百姓也得管,这是大家的事儿。"

"大家的事儿?"钟茜心头一热……

(李奕明)

(**题图**:安玉民)

逃跑的英雄

　　现在的人都喜欢赶时髦,这不,眼下盛行学开车,阿三也不甘落后,迫不及待地就加入了考"驾照"的行列。驾照考出来之后,他的这个手痒啊,一直痒到心里,总想弄辆车来开开。可私家车没钱买,单位的车又轮不上他开,把他给憋的!

　　今天阿三休息。一早,他看到有辆轿车开到小区门口停下,一个中年男子从车上下来后,径直走进了旁边的茶庄。阿三现在看到车子停着就像是小猫见了鱼,两条腿不由自主地就朝这辆车走去,上下一打量,竟发现车子没有锁。

　　一时间,阿三的脑瓜子转得像电风扇:白天进茶室喝茶,没有两个小时出不来,我何不趁此机会悄悄把车开出去兜两圈过把瘾,再神不知、鬼不觉地开回来?这么一想,他便一头钻进驾驶室,把车子发动起来。

也是巧了! 此时,大街上有位中年妇女,刚从银行里取出十万元钱,她把钱装在马甲袋里,顺手把袋子往自行车把手上一挂,准备开锁骑车走人。就在这时,从她后面突然冲上来一辆摩托车,坐在摩托车上的人伸手就将中年妇女装钱的马甲袋一把抢了去,摩托车眨眼间就跑出老远。中年女子又惊又急,大声尖叫起来:"抓强盗! 强盗抢钱了!"她一边喊,一边蹬上自行车就奋力去追。可自行车哪比得上摩托车,眼看着摩托车越跑越远。

阿三这时刚好将车开上了大街,目睹这一幕,当即热血上涌:大白天敢抢东西,这还了得! 他一踩油门就追了上去。不一会工夫,摩托车就被追上了,但坐在摩托车后座的强盗早有准备,扬手就朝轿车扔来一块石头,只听得"砰"的一声,石头砸在轿车的挡风玻璃上,挡风玻璃立刻像雨网一样散碎开来。阿三心里那个火呀,方向盘一转,便朝摩托车撞了过去。可几乎就在这同时,他脑子一个激灵,又猛地一打方向把车子绕开了,他心想:就算是见义勇为,我也不能把人撞死呀!

就在这绕弯儿的当口,劫匪的摩托车又窜出好远。阿三又一次加大油门,追了上去。

转眼间,摩托车驶出了市区。如果再由它一直开,人生地不熟的阿三就拿这个劫匪没办法了,阿三急中生智,突然开车从旁边斜插上去,劫匪下意识地车龙头一歪,结果连人带车撞在隔离墩上,只听"砰"的一声巨响,摩托车翻倒在地,劫匪也随车倒在地上,"哼哼唧唧"地爬不起来。

阿三得意地将车停住,跳下来,冲着劫匪狠狠给了一脚:"哼,跑呀,怎么不跑了? 跟你爷爷玩,你还嫩了点!"说完,他转到自己开来的车后,打开后备箱,想找找有没有绳子之类的东西。说来也巧,后备箱里面正好有一捆绳子,阿三当即将劫匪用绳子捆在隔离墩上,又把中年妇女那个装钱的马甲袋捡起来,然后点上一支烟,等着警察过来。

"呜呜呜——"不一会儿,110警车亮着警灯就朝这边奔来。眼看警车越来越近了,阿三突然叫了声"不好",他想起自己开的这部车子是从别人那里"借"来的,等会警察要是问起,我怎么说得清楚?搞不好还当我是偷车贼呢!不行,得赶快想办法溜。

所以警车一到,阿三把钱交到警察手上,然后就装作是做好事不留名的见义勇为者,转身钻进车子,一踩油门就走。那位警察一下子没反应过来,连忙喊道:"小伙子,你别走,还没问你姓名呢。"可阿三这时早跑远了,哪里还听得见!还是同来的另一位警察眼尖,把阿三的车牌号记了下来。

不一会儿,那位中年妇女也气喘吁吁地乘着出租车赶到了,见劫匪被警察抓住,十万巨款分文不少,激动得眼泪直流。她对警察说:"这10万元钱是我们单位80位民工的工资呀,真是太感谢你们了!"原来中年妇女是一家私营厂的老板娘,名叫刘丽。

警察告诉刘丽:"你不用感谢我们,抓住劫匪的英雄做了好事不留名,已经开车走了。不过你放心,我们已经记下了他的车牌号,一会儿就能帮你查出他的姓名和住址,现在请你先配合我们去局里做个笔录。"说完,警察把受了伤的劫匪带走,刘丽也跟着去了公安局。

在公安局里,刘丽刚讲完事情经过,一个人突然闯了进来,大家抬头望去,都笑了,此人正是英雄阿三!原来,阿三把车子开到半路,想想又不对了:车子挡风玻璃被砸,车头上也有损伤,就这样把车停回去,对车主实在过意不去。可如果去厂里修,不是一天半会的事,车主在老地方找不到自己的车,肯定要报案,那自己不就跳进黄河也说不清楚了?怎么办?想来想去,他还是将车子开去厂里修,自己再来公安局"坦白交待"。

阿三说了事情的来龙去脉,请求警察帮着向车主解释。警察立即给有关部门打电话联系,然后对阿三说:"车主现在正在交警队报案,我们一起去交警队吧。"刘丽激动地握着阿三的手,一迭声地说着"谢谢",她对警察说:"我也去,我去向车主求情,车子的修理费该我出。"

一行人走进交警支队的大门,丢车的中年人一看到阿三,跳起来就朝他扑了过来:"好你个贼!"走在后面的刘丽一见那中年人,急忙喊道:"小光,快放手,他是我们的恩人呀!"这又是巧事一桩!这位中年人,正是刘丽的丈夫李小光。

刘丽将事情的前后经过讲了一遍,李小光还没开口,阿三红着脸先说话了:"大哥,实在对不起,怪我开车的瘾头太大,没经过你同意就将车开走,还把车玻璃也搞坏了。现在车子已经送到厂里去修了,多少钱,我出。"

李小光捅了阿三一拳,说:"兄弟,你这是什么话?你帮了我们大忙,哪还有要你出钱的道理?以后你只要想开车,随时都能来找我'借'哇!"

阿三听了顿时心里一乐,笑得长脸竟变成了圆脸。嘻嘻,因祸得福,今后有车开了,他忍不住哼起了小调!

(丰国需)

(**题图**:顾子易)

2 万元开一把锁

关太太是小区里有名的幸福女人,她的丈夫关尚杰是当地房地产业的大哥大。

但关太太也有自己不为人知的痛苦:丈夫难得在家住一夜,对她却"三从四德"规定得很严,不管到什么地方,都必须有保姆陪着……关太太觉得这样的日子非常难过,特别是最近,常常容易走神。

这天上午,关太太也不知咋的,一不留神竟把自己锁死在了卧室里,她只好用手机拨打家里的电话,让在厨房忙活的保姆媚儿赶快去找个开锁的来。

这个媚儿既是保姆,还受关尚杰指使负责监视关太太,不许她和别的男人来往。但对女主人的话,媚儿还是不敢违抗的,听了关太太的命令,马上就出去了。

不一会儿,媚儿就叫了一个号称"包打开"的开锁匠来。这个包打开是个小伙子,一来就拿出工具熟练地捣弄起来,可谁知捣弄了半天,那锁就是打不开。小伙子被难住了,怔怔地瞅着那锁,叹了口气:"这是啥锁啊?"

媚儿在一旁挖苦道:"你不是包打开吗?"

小伙子生气了,说声"挣不了你家这钱",就走了。

关太太只好让媚儿再去找一个。

媚儿马上又出去了,找了半个小时,又找来一个号称"开锁王"的中年锁匠。那中年锁匠也拿出一套工具,驾轻就熟地捣弄起来,可奇怪的是,出了一身臭汗,照样拿那锁没办法。

"咋就弄不开呢?"中年汉子纳闷了。

媚儿也纳闷了:这是什么锁啊?咋包打开和开锁王都拿它没办法呢?

开锁王垂头丧气地走了。媚儿正愣神儿,突然听到卧室里关太太大声吩咐她说:"媚儿,你叫的这两个都是骗人混饭吃的家伙,不找他们了!我想起来,太平街口有个开锁匠,叫'郑开锁',平时牌子不怎么张扬,说不定倒有点真本事,你去叫他来试试。告诉他,只要他能把这锁打开,我给他两万元!"

媚儿听了大吃一惊:开一把锁就给两万元?未免太……她说:"太太,您……您说啥?给那么多?"

关太太很讨厌媚儿多嘴,有些生气地吼起来:"我有的是钱!我就愿意拿两万元出来悬赏,咋啦?难道你想我就这么被关在屋子里?快去!"

关太太这一吼,使媚儿觉得自己的确是多嘴了,关太太喜欢咋花钱是她的权利,自己当保姆的,怎么敢造次?于是,马上乖乖地应了一句:"太太,那我马上就去。"说罢,出门直朝太平街奔去。

太平街口那个郑开锁,名叫郑立,今年三十二岁。郑立二十岁就以摆锁摊为业,二十六岁那年,为了心爱的女友,他利用自己的开锁技术干了一件违法的事——入室盗窃,很快就被捕入狱,女友也离他而去。半年前,郑立刑满释放出来,在家附近的街口重新摆了一个开锁摊,可他就不想想,他这个样子,谁还会请他去开锁?这不明摆着"引狼入室"嘛!所以几个月下来,他一桩生意都没有接到。不过,郑立是个要强的人,他下决心要用行动向大家证明自己,尽管没有生意,他的开锁摊还是照样摆着……

媚儿找到郑立的锁摊时,郑立正坐着发呆。

媚儿问他:"你是郑开锁吗?"

郑立一愣,点点头:"嗯。"又问:"小姐,有事吗?"

媚儿说:"我家主人请你去开锁。"顿了一下,又说,"那锁可不好开,包打开和开锁王都拿它没办法。我家主人说了,只要你能打开,赏你两万元!"

郑立听了,顿时又惊又喜!喜的是,几个月了,终于有人愿意请他开锁了;惊的是,开一把锁,主人居然愿意出那么高的价,那是一把什么样的锁呢?为什么包打开和开锁王都拿它没辙?郑立一边想着,一边收拾工具,然后跟着媚儿去了。

不一会儿,郑立就随媚儿到了关太太家。

媚儿大声对卧室里的关太太说:"太太,郑开锁来了!"

关太太在里面应了一声:"知道了。"

郑立于是就拿出工具,仔细研究起这把锁来。这一研究,郑立心里直犯嘀咕:这不就是一把本地生产的普通锁吗?就是一般锁匠,开这种锁也不难,咋包打开和开锁王都打不开呢?而且,这种锁买一把顶多也就一百多元钱,主人干吗不换一把新锁,而要出价两万元来开它?郑立越想越觉得不可思议,后来索性不去想它了,管他主人什么意思,自己赶快开锁拿钱走人了事。

于是，郑立从工具箱里挑了一把凿子，刚插进锁孔轻轻一捅，那锁竟"啪"的一声开了！媚儿失声叫起来："太太，还是这个郑开锁有本事啊！"

可是，就在卧室门被打开的那一刻，郑立惊呆了！他看到站在自己面前的关太太，失口说了声："是你？"

原来，关太太就是郑立那个曾经心爱的女友。郑立入狱后不久，她就嫁给了关尚杰。这些年来，痛苦中的她常常不由自主地想起郑立，觉得自己实在对不起他，欠他的太多……那天上午，关太太在太平街闲逛时，偶然发现郑立在街口摆开锁摊，当时，因为媚儿在后面跟着，她不敢和郑立打招呼。经过几天冥思苦想，关太太终于有了个主意：故意把卧室门反锁上，然后利用悬赏开锁的方式，给郑立两万块钱，算是自己对他的一点补偿。为了不引起媚儿怀疑，她没有直接叫郑立来，而是在包打开和开锁王开锁的时候，故意在里面做手脚，最后才让媚儿把郑立请了来。

关太太努力让自己保持平静，看得出，郑立也在竭力克制着自己的情绪……片刻，关太太拿出早已准备好的两万元，双手递给郑立，用一种异样的声音说："郑开锁，我说话算数，这是两万元，请你收下。"

郑立当然明白她的意思。郑立的心里这时真像打翻了的五味瓶，什么滋味都有……当年，郑立为了心爱的她强行入室盗窃两万元，现在，这个当年心爱的她试图用两万元来抚平郑立伤痛的心。

可是，这伤痛能抚平吗？

郑立的脸色一下子变得非常难看，他没有伸手接钱，只是平静地说了句："对不起，太太，我开一把锁只收二十元。"

关太太急了："我说过的，要给两万元的。说过的话要算数！

你……你收下吧。"

郑立坚决地摇头:"太太！我知道你很有钱。不过,市场上有价,开一把锁,只收二十元！多一分我也不要！"

站在一旁的媚儿心里直嘀咕:这个锁匠怎么这么傻,两万元哩！

郑立僵立在那里,脸上说不出是孤傲还是凄凉,关太太深深地叹了口气,眼眶里的泪水终于滚落下来,只好给了他二十元。

郑立接过钱,道声"谢",转身就大踏步地走了,再也没有回头。

关太太关上卧室的门,泪如泉涌……

（刘　平）

（题图:谢　颖）

都 市 拾 零

透过一扇窗子,人们可以看到很多东西。我们周围有光也有颜色,但是我们自己的眼里如果没有光和颜色,也就看不到外面的光和颜色了。

重重关上的车门

梁冲是南方一家汽车厂的总工程师。这次,他作为厂方的特派代表,前往上海,同一家跨国汽车公司进行合作谈判。据说另一家汽车厂也在争取这个项目,但是实力不如梁冲他们厂,所以梁冲此行很有信心。

跨国公司对这次谈判也很重视,专门派了年轻有为、处事谨慎的副总裁田正义前往机场迎接。

一路上,田正义显得十分热情友好,详细地向梁冲介绍给他安排的日程,又询问他有什么特别要求。梁冲谦虚地表示,客随主便,一切由田正义安排。

半小时后,迎宾车停在公司大厦前的停车坪上,田正义快速下车,小跑着绕过车后,为梁冲打开车门。梁冲下了车,随手一用力，"砰"地关上车门，整个车身都微微地颤了一下。一旁的田正义见此情景，不禁愣了。

跨国公司的安排十分紧凑，头两天是参观考察，第三天是合作会谈。前面两天里，田正义竭尽地主之谊，全程陪同梁冲游览上海的繁华街景，参观公司的生产基地。梁冲看得兴致很高。晚上，田正义把梁冲送回下榻的酒店，梁冲下了车，回手"砰"地一下，又把车门重重关上了。

这次，田正义皱了一下眉，沉吟片刻，终于小心地问道："梁先生，我们公司的安排有什么不妥，接待有什么不周，还请您海涵。"

梁冲哈哈笑着说："哪里，哪里，田先生把什么都考虑得非常周到细致，您辛苦了，谢谢。"

说这话时，梁冲是满脸的真诚，田正义却显得若有所思……

第三天，谈判的日子到了，一大早，田正义就候在酒店门口接梁冲，然后直接开车到了公司总部的大厦前。梁冲对今天的谈判也做好了充分的准备，他夹着公文包，踌躇满志地下了车，回过手，又是"砰"地一下，把门重重关上。只见田正义在一旁暗暗地咬了一下牙，向手下的人吩咐了几句，便丢下梁冲，径直向董事长办公室走去。

梁冲正感到有些莫名其妙，田正义的手下客气地将他让到了休息室，说："田副总裁说是有紧急事要与董事长谈，请梁先生稍等片刻。"

半小时后，令人吃惊的事情发生了，田正义回到休息室，抱歉地对梁冲说："梁先生，这次谈判取消了，我们暂时不打算和贵厂合作了，真是非常抱歉。"

"什么？这不是开玩笑吧？"梁冲目瞪口呆，想问出个究竟，可是田正义连声说抱歉，却不再多说一句话。

梁冲此行无功而返，只好灰溜溜地回到了厂里。没多久，他们得到消息,那家跨国公司和另一家汽车厂合作了。梁冲百思不得其解:"他们葫芦里卖的是什么药,怎么态度说变就变,放着我们质量这么好的产品不要,却去和实力不如我们的汽车厂合作?"

梁冲越想越不甘心,最后自费买了机票,到上海去问个究竟。他找到了田正义,说什么也要请他吃顿饭。田正义推辞不掉,就去了。

几杯酒下肚,梁冲就问起谈判忽然取消的原因。田正义喝了一口酒,犹豫了半天,终于道出了原委:"那几天我一直陪着你到处观光,发现你总是重重地关上车门,开始我还以为是你在发脾气哩,后来才发现,这是你的习惯,说明你平时关车门一直如此。你是汽车厂的高层人员,平时坐的肯定是你们厂生产的好车。你重重关上车门的习惯,说明你们生产的轿车车门有质量问题,不易关牢。好车尚且如此,一般的车辆就可想而知了。我们把汽车重要的附件拿给你们生产,不是等于在砸我们自己的牌子吗?"说到这里,田正义话锋一转,真诚地说,"不过,你们公司的实力还是很强的,希望我们今后还有机会合作……"

没等田正义说完,梁冲长叹一声,用手狠狠地拍着自己的脑门,痛苦地说:"习惯呀,该死的坏习惯!这根本不是我们厂生产的汽车有质量问题,而是我从小就养成的坏习惯,我连关自己家的房门都是这样重手重脚的呀!真没想到,这样的小节也能误大事,我这重重的一关,关上了一扇什么样的门呀!"

(何承亨)

(**题图**:安玉民)

的哥上夜班

　　大蔡嘴碎,平时说话不会看脸色行事,就为这老讨人嫌,媳妇说了他多少次也改不了。

　　从运输公司下岗后,大蔡到一家汽车公司当了一名开"桑塔纳"的的哥,媳妇心想:跑出租一人一车,他还能跟谁耍嘴皮子去,这臭毛病不改也得改了。可谁知大蔡就是管不住自己的嘴,只要客人一上车,他的喉咙就发痒。

　　这天他晚班刚出车,就有个风度翩翩的瘦高个招他,说是要到八马路去。八马路离这儿很远,车子要开将近一个小时,刚上班就接到这么一笔大生意,大蔡特别开心,右额上那道平时看上去挺吓人的刀疤,这会儿好像也隐淡了下去。

　　那瘦子上车还没坐稳,大蔡就热情地招呼他:"朋友,那么远,干吗去?"

瘦子随口答了一句:"办点事。"

"办事?"大蔡冲口而出,"这么晚了,还办事? 人家单位早下班了!"

瘦子解释说:"看个人。"

"看人?"大蔡追着问,"是你什么人?"

瘦子瞥了他一眼,挺不情愿地吐出两个字:"朋友。"

大蔡嗓门更响了:"朋友? 看朋友还这么不好意思说? 准是去……"大蔡以为自己探到了瘦子的秘密,不免有些得意起来,"嘿嘿"笑出了声,转了个话题又问:"你哪发财?"

瘦子有点恼了,闷闷地回了一句:"没发财。"

大蔡眼一瞪:"不对,我一看你就像个大老板。"

瘦子挺生气:"我不是老板。"

"不是老板? 我看人很准的,就你这个样,一个月肯定赚得不少!"

瘦子不回话。

大蔡没觉察到瘦子已经不高兴了,还一个劲地猜测:"你媳妇也是强人?"

瘦子鼻子里"哼"了一声。

大蔡以为瘦子说"是",羡慕地说:"哎呀,那你们家的钱用不完哪! 啧啧!"说话间,他从反光镜里瞥了瘦子一眼,这才发现,瘦子不但一脸怒气,而且两只眼睛正警惕地盯着他。大蔡这才意识到自己的嘴又碎了,不禁暗暗吐了吐舌头。

就在这时候,车子"吱——"的一声突然停了下来,再怎么发动也无济于事。大蔡气呼呼地边骂边从座椅下面抽出一把大号锥子,准备下车去看看。他心里连连叫苦:这车早上就"卡"过两次,可千万别在现在出什么毛病,坏了我生意啊!

可几乎是在同时,原本在车上坐得好好的瘦子,突然灵敏得像一只兔子,打开车门跳下车就跑,边跑边喊:"救命啊! 打劫啦!"

大蔡愣住了:把我当强盗? 他又好气又好笑,一边追上去一边喊:"你不要搞错,你别跑啊,你还没付我车钱哪!"

可瘦子哪里听大蔡的话,两条腿跑得更快了。

这时候,正赶上民警巡逻到此,一个扫堂腿就把大蔡给绊倒在地。前后一调查,事情真相一清二楚,大蔡那个气呀!

瘦子不好意思地对大蔡说:"对不起,对不起! 可你别怪我。听听你车上说的那些话,起码你也是个'疑似'吧?"

（于　于）

（题图:安玉民）

对门的大爷看过来

　　小李子和老婆结婚都快十年了，说句脸红的话，他们夫妻俩这十年大吵三六九，小吵天天有，可以说是一路吵过来的。

　　吵成了习惯后，假如有几天不吵，两个人就好像丢了魂儿似的。还别说，一旦吵过后，两人心里头就像大热天饮了杯冰可乐，那才叫爽！更美妙的是，吵过之后还常常伴随着一场疯狂的亲热，那种感觉连他们自己都觉得莫明其妙。

　　于是，不知从什么时候起，他们夫妻俩的吵架升级了，竟养成了开门吵架的习惯，每次吵起来了，就要把房门打开，似乎只有这样才过瘾。可这样吵法邻居们怎么吃得消，住在对门的邻居已经换了好几茬了，前不久有一对小夫妻刚搬进来，当晚就被他们这种狂风暴雨般的吵架吓坏了，没两天就赶紧逃也似的搬走了。

这天,对门邻居换了一位大爷,文文静静的,颇有几分儒雅风度。第一天,小李子家总算太平,可第二天就不行了!这天,小李子在单位加班,晚回来一小时,由于事先没有给老婆打电话,他一到家,老婆就开始在餐桌上数落他,他不买账,顶了几句,老婆索性把碗一推,"咚咚咚"走过去,把房门一拉,大声说:"怎么啦?你看看楼上楼下,人家不但提前下班,而且还帮老婆洗菜做饭,你倒好,吃现成的,还敢和老婆吵架?"

小李子哪里咽得下这口气,辩解说:"我在单位加班,不也是为了这个家?"

"常规战事"就这样又开始了,他们越吵声音越响。

就在这时,忽听对门"吱呀"一声,那个新搬来的大爷伸出头来,小李子和老婆相互对看了一眼,考虑到对门邻居新来乍到,而且年事已高,于是吵架声自觉下降了五个分贝。

可令他们奇怪的是,对门大爷对他们的争吵却满不在乎,不但不回避,反而打开自己的房门,搬了个凳子端坐在房门口,专心致志地听他们吵架。

也许是出于对大爷的敬畏,也许是累了,总之,这回夫妻俩没吵多久就休战了。对门大爷见他们不吵了,也就不声不响地掩上了自己的房门。

隔了一天,小李子和老婆为了芝麻绿豆的事又争吵起来。刚刚吵了几句,就见对面房门又拉开了,那个大爷和上次一样,又搬了个凳子端坐在房门口,专心致志地听他们吵架,时而颔首微笑,时而击节叹赏,好像在观看节目似的,一副怡然自得的样子。

以前这对夫妻吵架时,邻居们要么过来帮忙劝架,要么索性关门回避,像对门大爷这样大模大样地坐在一旁作壁上观的还从未见过,大爷的举动简直就是无声的干扰,倒把夫妻俩弄得浑身不自在,在他老人家的注视下,他们觉得自己有一种在大堂上受审的感觉,精神上不能够放松,吵架的质量也随之大打折扣。他们不能要求对门大爷把门关上,也不能制止他老人家袖手旁观,唯一能做的就是把自家的房门关上,这样也就隔断了老人家的视线。

数年来,他们夫妻俩不得不第一次打破常规,由开门争吵转入关门论战。可这样的争吵,总觉得越吵越没劲,以前那种唇枪舌剑、轰轰烈烈的感觉全没有了,仅仅是一些毫无激情可言的相互抢白。

问题出在什么地方呢? 小李子和老婆很快就找到了症结所在,归根到底,就是因为关闭了那扇该死的房门! 小李子突然擂了一下自己的脑袋:怕什么怕! 别说是一个寻常大爷观看,就是省长来了又咋的? 两口子在家潇洒吵一回,招谁惹谁了? 得,该怎么吵就怎么吵! 小李子和老婆几乎是同时一起拉开了房门。

“哐当”一声,只见一个人跌了进来,一看,不是别人,正是对门的大爷。原来,小李子他们关门以后,对门大爷不仅没有走开,反而一直在他们家门前俯耳倾听,由于门开得突然,老人家的身子失去重心,一下子跌了进来。

好在小李子反应还算灵敏,一把扶住了大爷:“大爷,您这是咋的了?”

“没什么,没什么,”大爷解释说,“其实,我的耳朵还不算聋,只是你们家的门关得太紧了,我不贴着门,实在听不清楚啊!”

小李子觉得很奇怪,说:“大爷,我们夫妻吵架,有什么好听的啊?”

老婆对大爷的行为很不解,直朝他翻白眼。

大爷解释说:“不瞒你们二位,我每次听到你们吵架的声音,就特别激动,好像自己又回到了年轻时代,因为……因为以前我们也是这么吵过来的……”

"你们?"

"是啊,我和我老婆啊。只是,我们已经多年没吵啦……"

"和好了? 你们和好了?"

"和好? 其实我们一直都很好,只是上帝嫉妒我们,不让我们再吵了。"

"那是为什么?"

"因为……因为上帝把我老婆提前请进了寂寞的天堂。"

原来如此! 小李子终于有些理解大爷的奇怪举动了,不禁凄然道:"大爷,请原谅我们,打扰您了,实在对不起!"

"别,你千万别这样说,比起我们那时候,你们可要强多了。"

"您老过奖过奖,我们年轻,吵不好,瞎吵!"

"不过,我有一个请求,不知你们能不能够接受?"

"只要您不嫌我们吵闹,有什么要求您尽管提。"老婆得到赞赏,很有成就感的样子。

"你们每回吵架的时候,能不能把我请到你们家里来? 不瞒你们说,我住过好多地方,从来没遇上像你们这样爱吵会闹的邻居。"

真是个奇怪的要求,小李子和老婆简直没有多想,就点头答应了。

但令人奇怪的是,从此,只要这位大爷坐在家中,小李子和老婆吵架就老有一种做戏的感觉,都觉得这样的吵架太没味道了。渐渐地,他们再也吵不起来了!

(金　戈)

(题图:安玉民)

心事向谁说

　　水含笑是电台金牌节目《夜半心事向我说》的主持人,每天节目时间一到,热线电话便一个接一个地打进来。

　　这天节目刚开通,就有一个女士打电话进来:"你就是大名鼎鼎的水含笑吗?"

　　"我是水含笑,您有什么心事,可以向我述说。"水含笑的声音又好听又舒缓。

　　只听女士叹了口气:"唉,这事我还真不好开口。"

　　"有什么事您尽管说,说出来心里就好受多了。"

　　"我……我老公爱上了别的女人。"

　　"哦,是这样。"水含笑以往接到的一多半电话,都是类似的情感问题,而且不幸的都是女人。她试探着问对方:"您是怎么知道这事儿的？这里是不是有什么误会呀？"

"不可能,他天天晚上说梦话,梦里喊的就是那个女人的名字。"

"那女人是谁？您认识她吗？"

"不认识,但我知道她。"

"那您老公是怎么认识她的？他们之间的关系发展到什么程度了？"

"其实我老公也不认识她。我老公是印刷厂的,最近他们厂里接了一宗业务,要印一本写真集,我老公不知怎么偏偏中了邪,爱上了写真集里的那个女人,天天回来念叨她。我原本想,让他说说也就罢了,没想到他后来居然偷偷摸摸从厂里拿了一本印好的写真集回来,天天睡觉前着迷似的看,碰都不碰我一下,你说气人不气人?"女士越说声音越响,语速越快,说到后来简直像在打机关枪。

水含笑听她这么一说,笑了,在电话这头劝她道:"谁还没个梦中情人呢,你看过赵本山和宋丹丹演的小品吧？一个说梦中情人是倪萍,一个说梦中情人是赵忠祥,那也没有影响他们家庭的稳定呀!"

"哼,"女士的声音突然充满了挑衅,"他要迷上倪萍我还不生气了呢,可他迷的那个她算什么东西呀,快四十的女人了,也跟着瞎起哄,拍什么写真集,瞧她那样子,都快跟老母猪差不多了。"

不知怎么,多年的直播经验突然让水含笑有一种不祥的直觉:今天这个女士"来者不善"。她正考虑要不要示意导播把话路切断,女士突然在电话那头朝她叫起来:"这个不要脸的女人就是你,你水含笑是个什么东西!"

无线电波刹那间就把这句话无情地传遍了这座城市的每一个角落,几乎是随着播音间里这条话路的被切断,女士在那一头也挂断了电话。

一向伶牙俐齿的水含笑傻呆了。是的,三个月前她拍了一本写真集,而且这本写真集三天以后就要正式发行了,没想到今天会接进这么一个电话。这能怪水含笑吗?她完全是无辜的呀,天知道自己怎么竟会遇上这么一个花痴男人,还配上这么一个悍泼老婆?水含笑真觉得天仿佛要塌了似的,难受得想死的心都有,她强打精神勉强做完节目,便开着自己的红色跑车回了家。

家里一个人也没有。

水含笑和老公离婚已经七年了,七年来她最忠实的朋友就是酒,所以今天一进家门,她就直奔酒柜,颤抖着手给自己倒了一杯又一杯烈性威士忌。睁着迷醉的眼,看着酒柜玻璃上映出的自己那张因惊恐和受辱而变形的脸,水含笑的眼泪止不住地往下流:没有比那个女人说出的话更刻毒的了,她实在太知道一个女人最受不了的是什么。

水含笑瘫倒在沙发上,看着房间里的一切,想想自己这些年走过的路,她感慨无限。

她曾经有个多么疼爱她的老公,可是后来她渐渐出名了,周围越来越多的人开始围着她转了,她从他们那儿得到了自己想要得到的一切,他们当然也从她身上得到了莫大的满足。现在水含笑有了房子,有了车子,有了用不完的钱票子,可是青春呢,老公呢,家呢?偌大的房子里没有一点儿生气。如果时光能够倒流,她多么希望自己永远是那个刚从广播学院毕业的单纯的小女生啊!

就在这时候,突然一阵手机音乐铃声在房间里响了起来:"你问我爱你有多深?"水含笑一震:有人打电话进来了。是车前?车前是市里鼎鼎有名的大地出版社经理,不但业务上有一套,而且人长得也很帅,追水含笑追得特别厉害。水含笑就是在车前的一再劝说下才拍的写真集,车前说这是水含笑给自己最好的青春纪念。他们约定集子一出版就结婚的,没想到事情竟被今天这个尖刻女人的电话搅得一塌糊涂。

水含笑拿起手机,正要接听,她习惯性地瞥一眼来电显示,不由愣住了:哪里是车前,这个电话是自己以前的老公大刚打来的。虽说离婚七年了,可大刚的电话号码她一辈子忘不了,肯定是大刚听了刚才的节目,安慰自己来了,水含笑越发觉得自己的脸丢大了,心里就像被刀割了一样。她颓丧地放下手机,任铃声执拗地响了一遍又一遍,终于不再响了。

这时候,水含笑多么希望车前能陪伴在自己身边啊,可是车前去北京了,是专程去替她的写真集发布会请明星们来助阵的。水含笑只好拨车前专门用来与她联系的那个手机号,她心想:哪怕这时候能听听他的声音,自己心里也会好受些啊!可令她万万想不到的是,车前手机的铃声却在她坐着的沙发上响起来——车前根本就把手机落在家里了。

此刻,整个屋子在沉沉黑夜里静得可怕,水含笑觉得自己好像是掉进了一只张开了血盆大口的老虎嘴巴里。自己以后还怎么在社会上露脸?这样的生活还有什么值得留恋?第二天下午,当车前兴冲冲地从北京赶回来时,水含笑已经因为服了过量的安眠药,在家中香消玉殒了。

车前整个人都蔫了,没想到事情会发生这样的突变,心爱的女人就这样永远离自己而去了,他欲哭无泪,脑子里乱哄哄的。怎么办?毕竟车前是多年在商场上打拼的人,他很快迫使自己冷静下来,理出了头绪,当务之急一是要办好水含笑的后事,二是一定要让写真集的发行仪式如期举行。北京之行收获很大,两名眼下红得发紫的歌星都邀请到了,请帖也早已发出去了,这个发行仪式要办就办到最好,也可以以此来告慰水含笑的在天之灵。

水含笑的后事是车前一手操办的,从选墓地、订花圈、写挽联、刻墓碑,到向遗体告别、火化、入墓,葬礼很隆重,但也很冷清,因为水含笑的父母都已经去世,姐姐远在大洋彼岸,来的只是水含笑的几个生前好友。当葬礼进行到最后,车前把水含笑的写真集和骨灰盒一起入土的时候,他忍不住失声痛哭:"含笑啊,你为什么不等我回来?就是天大的事,你也得等我回来呀!"在场的人无不为之动容。

与此同时,写真集的发行仪式也在紧锣密鼓地准备着,车前几乎是前脚刚举行完葬礼,后脚就赶来主持发行仪式。他强作欢颜,应酬着八方来客。

发行仪式场面之热闹,和葬礼相比那可真是天壤之别,只见场上人山人海,人声鼎沸,卖书的火爆劲儿远远出乎车前的预想,可惜的是,水含笑永远不可能看到这一切了。

发行仪式刚刚进行到一半,写真集就脱销了。车前的助手满头大汗地挤到车前身边,问:"车总,是不是马上加印?我们这回可赚大了。""行,马上把加印计划发下去!"车前脸上闪过些许喜悦,但马上又严肃起来,他心里默念着:"含笑,你看见了吗,你的写真集,不,我们的写真集,卖得这么好,你在天有灵,可以含笑了。"

突然,有人重重地拍了一下车前的肩膀:"车总,你让我好找呀!"车前吓了一跳,转身一看来人,脸色大变,他急忙把他拉到场子一角,瞅瞅四周无人注意,冲着他就是一拳。那人机灵地一闪,握住了车前的手腕:"车总,你这是发什么邪劲呀,要不是我找了那个女人,你的书能卖得这么火?你不谢我,怎么还打起我来了?"

车前用力把手挣脱出来,骂道:"你还有理了?你为什么不让她照着我教你的说?你发什么狗屁挥?"

那人急急申辩道:"我还不是为了争取最佳效果呗,我告诉她,怎么恶心怎么说,这有啥不对? 只要目的达到不就行了? 你看今天这书卖得,你可赚大了!"

"你……"车前一时说不出话来。

"啊呀,车总,好了,好了,事情都已经这样了。剩下的那一半钱,你到底什么时候给我啊?"来人一脸坏笑地瞧着车前。

车前狠狠地瞪了他一眼,从西服内袋里掏出一个信封,扔了过去:"咱俩今天算是清了。记住,封住那个女人的嘴! 还有,她用过的手机卡以后千万别再用了,电台那里,所有的电话可都是来电显示的。"

来人捏了捏信封,笑了:"车总,我办事,你还不放心吗? 我走了,有事招呼我。"

车前又回到了热闹的人群中。看到人们手中拿着的写真集封面上,水含笑那美丽的笑靥,车前心里一阵阵刺痛:"含笑,我真没想到会把事情搞成这个样子。我其实是想找个法子把咱们写真集的发行量搞大,好好挣它一笔钱,也给你一个惊喜。唉,没想到我叫人找来的那个女人,会把话说得这么过分,让你当了真。你一定要原谅我啊!"

水含笑死了,死人无所谓原谅不原谅,可是活着的人就不一定会原谅他了。因为他突然发现:不远处,一辆警车里正铐着刚刚揣了他给的钱满意而去的那个家伙,旁边还有一个女人。

是那个花钱雇来、当初水含笑主持节目时给她打电话的女人?

(冯　彦)

(**题图**:魏忠善)

有多少日子可以重来

　　黄土三本是一个身强力壮的小伙子,干啥像啥,可三年前迷上了赌博,把个好好的家给赌没了。媳妇最后和他离了婚,他在村里实在混不下去了,只好拉着五岁的儿子小铁柱到城里去讨饭。

　　白天,小铁柱站在闹市街口不停地向路人乞讨,晚上,黄土三就将他带到附近一个桥洞里,铺上草席睡觉,第二天,黄土三将小铁柱头天讨来的钱全部搜走后,又将他带到一个新地方继续乞讨,他自己却拿着这些钱钻进小茶馆去赌博,输光了,便又回来找小铁柱要……

　　小铁柱站在大街上,眼巴巴地望着那些跟自己一样大小的小伙伴们都背着书包去上学,他也想上学呀,可每次只要一说起想上学的念头，黄土三就对他说："你好好讨钱吧，等你要够了学费，就送你上学去！"天真的小铁柱天天都期待着，总以为自己有一天也会和那些小朋友一样，背着书包上学堂，可是一天又一天过去了，他看着爸爸每天赌得红红的眼睛，终于失望了。

这天，小铁柱站在一家超市大门口，手中端着一个小碗，不停地向来往购物的人们讨钱，不一会儿，小碗里就装满了花花绿绿的零钞与硬币。这时候，又有一男一女拎着两大包东西从超市里走出来，小铁柱连忙端着碗走过去，说："叔叔、阿姨行行好，给我一点钱，给我一点学费吧！"

那女的看了小铁柱一眼，随手往小碗里丢了一枚硬币，边走边嘀咕："谁家的小孩呀？没钱上学，真是可怜！"

那男的说："是啊，比咱们贝贝还可怜哪！"

那女的又说："我们今天到学校看贝贝去，学校里的生活差，贝贝肯定又瘦了。"

小铁柱听着他们说话，禁不住眼泪"扑簌簌"直往下流，自己天天想着要去上学，可根本不知道学校在哪里，甚至连学校是个什么样儿也没有见过，他一听他们在说要去学校看贝贝，两只脚便不由自主地跟着去了。

小铁柱远远地跟在这两人后面，走过繁华大街，又拐了几个弯，最后在一幢漂亮的大楼前停了下来。楼下有一道大铁门，只见这两人上前敲了敲门，那高大的铁门就打开了，他俩随即走了进去。

等小铁柱跟到大楼前的时候，大铁门早已关上了。小铁柱知道这里面就是学校，他用小手不停地拍打着紧闭的大门，高声呼喊道："老师，开门，快开门！让我进去，我也要上学，我有钱呀！"

大铁门打开了，小铁柱怯怯地对开门的人说："老师，我要上学，我给你钱，让我也进去上学吧！"说着，他将手中那装钱的小碗高高地举了起来。开门的人先是目瞪口呆地打量着小铁柱，后来就把他领了进去。

就从这一天开始，繁华的大街上再也看不到那个端着小碗向行人讨钱的小乞丐了，小铁柱失踪了！巧的是也就在这一天，黄土三破天荒地赌博赢了钱，但等他兴高采烈地回来，却怎么也找不到小铁柱了，四下打听了好几天，仍然没有小铁柱的下落。黄土三心中好不焦急，儿子不见了，赢到手的钱也花完了，以后不但没有人为他乞讨赌资，连肚子都填不饱了。

饥饿难耐的黄土三只好硬着头皮用一顶旧草帽掩面遮羞，去沿街乞讨。人们看他这等壮汉居然也干这个，不但不同情，还纷纷戳着他的脊梁骨唾骂。黄土三过了几个月猪狗不如的生活，实在熬不下去了，他开始慢慢反省，想自食其力找份工作，不再赌博，不再乞讨，可没人愿意雇用他。他很懊悔，赌博让他变成了一个废人。

这天，黄土三得了重感冒，躲在桥洞里昏睡着，突然听见一个熟悉的声音在喊他："爸爸，爸爸！"黄土三一惊，猛地睁开眼睛，发现是失踪多日的儿子小铁柱，竟然就站在自己面前。

黄土三悲喜交加，一把将小铁柱揽在怀里，看了又看，亲了又亲，喃喃道："柱子，柱子，你去了哪儿啊？"

小铁柱偏着头说："爸爸，我找到学校了，我在学校里上学呀！"

黄土三不信，眼泪都差点流出来了，说："儿子，你别骗我了，是爸爸对不起你，爸爸把你讨来的钱都拿去赌光了。唉，咱没钱，咋上学呀？"

小铁柱说："爸爸，我没骗你，我真的在上学呢！老师没问我要钱，她们管我吃管我住，给我买新衣服，教我学好多东西呢！是老师让我来找你的。"

有这样的事？儿子交上什么好运了？黄土三听得眼睛都快要弹出来了。铁柱见爸爸还是不信，便拉着他的手，让他跟自己一起去看看。

黄土三懵头懵脑地跟着小铁柱走了半天，来到那幢漂亮的大楼前。刚要跨进铁门，黄土三就听见里面吠声阵阵，"起立"、"握手"、"趴下"的命令声不断，黄土三回头细看，这才发现铁门旁边的墙上镶着一块铜匾，原来这里是一所宠物学校。

黄土三又气又恼："儿子，这里是狗学校，不是人学校！"

话音刚落，就听见有人接着他的话尾大声道："这里是狗学校，不过狗通人性，尚可以教化，只怕有的人却连猪狗都不如呢！"

黄土三抬头一看，愣了，这个说话的人竟是自己的前妻。两年不见，她啥时候到城里来了？居然还成这宠物学校的驯狗师了？而且两年不见，妻子举手投足的样子，和以前完全判若两人。

黄土三再看自己一副做乞丐的样子，羞愧得恨不能找个地缝钻进去。良久，他才嗫嚅了一句："你打我骂我都可以，但你不能毁了小铁柱，让孩子跟狗一起上学呀！"

前妻狠狠瞪了他一眼，说道："谁说让小铁柱跟狗一起上学了？我出来两年，找了小铁柱两年，是老天有眼，让我在这里见到了他。那天他举着讨来的钱，哭着喊着要上学，我一看这孩子竟然是我儿子，我的心都要碎了。留下他之后，我便四处张罗着为他联系学校，明天就可以送他去了……"

前妻正说着话的时候，宠物学校的校长走了过来。校长笑着对黄土三解释说："对不起，是我让孩子去找你来的。一来是让你放心；二来呢，我听你的前妻讲起你们的过去，好好一个家，为什么要散呢？下决心重新开始吧！听说你以前在老家曾经做过兽医，我们学校也正需要这方面的人，你就在这里试试吧，怎么样？愿不愿意做？"

黄土三抹了抹脸，感激涕零地说："愿意，我愿意……"

（李如有）

（题图：魏忠善）

夜宿香格里拉

　　农民毛留根今天进城了！时间是晚上八点多,他是在县城下的火车,然后打了的,来到一家名叫"香格里拉"的大酒店,这是本地唯一一家四星级宾馆,毛留根要去那里住宿。其实,他根本无须在县城住宿,他的家就在本县乡下,如果坐"小公共",花几块钱,几十公里路就能到家了;再说啦,即使要住宿,三十、四十元一宿的旅店多的是,那种旅店才配他毛留根住,可他为什么要去住四星级宾馆呢?

　　毛留根走进了香格里拉的大堂,门童殷勤地向他鞠躬,同时疑惑地斜视着他那衣衫邋遢的背影。宾馆大堂服务台的小姐,那都是精挑细选的人尖子,惯会看人下菜碟。小姐微笑着打量了毛留根几眼,已作出了自己的判断:这位要么是买彩票中大奖了,要么是农村刚发财的土包子,来开洋荤了。毛留根说要一个单间,小姐立即报出了价格:888元。

毛留根没有讨价还价,他拿出身份证,付钱,办理了住宿手续。毛留根别的没说啥,只提了一个要求,要住10层以上,小姐给他开了11层的1113房间。

服务生带着毛留根上电梯,到了1113房间后就离开了。

过去,毛留根只在影视里见识过这种高级客房,如今自己居然亲自光顾了,他好奇地这摸摸、那弄弄……毛留根还没新鲜够呢,写字台上的电话响了,他拿起电话,是个声音怪好听的闺女打来的,她说:"老板,请问您需要什么服务吗?"

屋内干干净净,纤尘不染,毛留根实在看不出哪里还需要拾掇的,不过他转念一想,反正老子付过房钱了,她要服务就让她服务吧,于是他就在电话里说了自己的房间号。

不一会,外面有人敲门,门没锁,那人敲了几下就推门进来了。那是个打扮得花枝招展的闺女,她和毛留根一打照面,两人都愣住了:毛留根认识这闺女,叫潘叶荷,是自己女儿毛翠薇的同学。女儿去年高中毕业后,来县城自费上了个学理发的学校,还没毕业呢,一次大周末,女儿领这闺女来家中玩,所以毛留根认识她。

潘叶荷愣了片刻,马上转过神来,讪笑着说:"大伯,您怎么在这住啊?这是1213房间吗?我舅妈出差来看我,住在1213房间,叫我晚上来找她。"

毛留根乐了:"闺女,你走错了,这是1113房间,翠薇……她好吗?"

"大伯,您放心,翠薇姐好着呢!哎呀,不行,我得赶紧走了,我舅妈该等急了!"

毛留根的鼻子不由一酸,他叫住潘叶荷,把兜里还剩下的一百多块钱全掏出来,递给她,说:"这点钱,你替我交给翠薇。"

潘叶荷接过钱来,终于忍不住了,问:"大伯,您是不是发大财?要不您怎么不回家,住在这么好的宾馆里?"毛留根苦笑着,没说什么,随后就打发她走了。

潘叶荷急急忙忙下了楼,走到咖啡厅,对正坐在车厢座喝咖啡的毛翠薇耳语了几句,毛翠薇一听,吓得花容失色:"赶紧走!天啊,要让我爹知道我干这个,还不把他气死!"于是两人溜出咖啡厅,飞快地穿过大堂,出门打了辆的,溜了。

出租车开出几百米后,毛翠薇忽然叫停车,她愈琢磨愈觉得不对劲:前阵子父亲来信,说在外面打工,辛辛苦苦,风吹雨淋,盖了一年大宾馆,最后包工头跑了,工钱没着落,他决定等要到钱后再回家。他现在既然回来了,为什么不回家,要住这么昂贵的宾馆?

毛翠薇谎称有点急事,叫潘叶荷先走,自己下了车,先是快步走,最后飞跑起来,冲回香格里拉,乘电梯上到11楼,气喘吁吁地来到1113客房,一看,门虚掩着,推门闯入,只见父亲已经爬上了窗台,正要往下跳……

她扑过去死死抱住父亲的大腿,把他拖了下来,父女俩抱头痛哭。

毛翠薇哭着埋怨道:"爹呀,钱没要着,您也不能寻这短见啊!"

毛留根抹了一把泪,说:"爹快六十的人了,拼死拼活干了一年,指望给你上大学的弟弟攒上明年的学费,一天要在日头下干十四五个小时!可是,一年哪,包工头只给我们每人发了一千块钱,就跑了。我就想:唉,人活着真没意思!我给人家盖了一年的大宾馆,我就想也能在大宾馆住上一夜,然后跳楼死了算了。死之前,咱这辈子也算在大宾馆住过一夜,不亏了!刚才,你那同学走错了门,我怕她告诉你我在这,你再找了来,我就想这会儿跳楼算了……"

"爹,弟弟的学费,我替他出了。我现在因为手艺好,在好多家发廊当艺术指导,每月能挣五六千块钱呢!"毛翠薇每月的确能挣这么多,但不是当什么发廊的艺术指导。

"真的?"毛留根不知内里,见女儿如此出息了,非常高兴,"咳,早知道这样,我干吗住这熊地方呢,花了我888块钱呢!"毛留根又开始心疼他的钱了。

毛翠薇劝了爹,接着就下楼,对坐在假山茶座旁一个戴墨镜的中年男子说:"今晚我陪1113房间那个客人,他出500。"说着,她掏出200块钱"中介费",递给那男子。

男子不满地说:"这么点钱你也陪?"

"我乐意!"毛翠薇一甩头,走了。她到了1113房间,在门上挂出"请勿打扰"的牌子,安顿父亲睡下,然后自己盖了条毯子,在沙发上和衣而卧。如水的月光,从玻璃窗洒进来,照着女儿清秀的面容和父亲苍老的容颜。

四星级宾馆的夜晚果然不同凡响,睡梦中,已经有好几年只做噩梦的毛留根,突然"吃吃吃"地笑了起来,他梦见那个万恶的包工头被警察抓回来了,开公审大会枪毙了,民工们都领到了应得的报酬,他数着一厚叠"哗哗"作响的钞票,心中乐开了花……

(老 三)

(题图:魏忠善)